프렌즈

이 도서의 국립중앙도서관 출판시도서목록(CIP)은
서지정보유통지원시스템 홈페이지(http://seoji.nl.go.kr/ecip)와
국가자료공동목록시스템(http://www.nl.go.kr/kolisnet)에서
이용하실 수 있습니다.
(CIP제어번호 : CIP2013008313)

바다로
간 007
달팽이

…프렌즈.

신
지
영
테
마
소
설
집

북멘토

차례

걸프렌즈.

아무것도 뺏기지 않는다. 희는 안전한 아이다. 나에게서 뭔가를 훔쳐 가기엔 평범하다 못해 보잘것없기까지 하다. 까무잡잡한 얼굴에 깡마른 몸, 보통의 성적과 보통 이하의 운동신경이 그 아이가 가진 전부다. 처음부터 그걸 알았기 때문에 내가 먼저 손 내밀었다. 둘도 없는 친구의 자리를 내주었다. 희는 그 자리에 굉장히 만족해 하고 있다. 적어도 내 옆에 있으면 언제나 아이들의 관심을 받을 수 있다. 그 관심은 매우 호의적인 것이다. 물론 그 관심의 본질은 나에게로 향한 것이지만 나는 관대하기 때문에 절대 그 관심을 혼자 독차지하지 않는다. 나의 가장 친한 단짝과 나눈다. 내 덕분이라고 절대 티 내지도 않는다. 이것이 가장 중요하다. 티 내지 않는 것. 희가 스스로 나와 같은 부류라고 생각하게 만드는 것. 그것이 내가 희에게 해 줄 수 있는 유일한 선물이다.

종이 울린다. 순식간에 교실 안은 시끄러워진다. 하루 중 이때가 제일 좋다. 지루하기 짝이 없는 학교생활 중 유일하게 아이들의 얼굴이 환해지는 시간이기 때문이다. 이 시간엔 오늘의 수업을 마쳤다는 안도감과 가방을 메고 교문 밖으로 나서기 직전의 설렘이 공존한다. 모두들 교문 밖에 특별한 게 없다는 건 잘 알고 있다. 하지만 벽과 벽 사이엔 공간이 존재하는 법이다. 학교라는 벽과 학원이라는 벽 사이, 그 공간 자체가 여유가 된다.

"유미야, 어제 민재한테 전화 왔더라."

희가 팔짱을 끼며 어깨를 바짝 붙였다.

"걔는 왜 너한테 전화질이래니?"

휴대폰을 열더니 희의 손가락이 통화 기록을 가리켰다.

"이것 봐, 한 시간도 넘게 얘기 들어 줬다니까. 팔에 쥐 나는 줄 알았다. 좀 좋게 말하지 그랬어. 네 특기 또 나왔다며? 안 그래도 좋아하는 애한테 고백했다 차이는 판에 자기 눈앞에서 선물까지 쓰레기통에 버려지면 불쌍하잖아."

"그렇게 해야 또 껄떡대지 않지. 그런 애들이 한둘이야? 그럴 때마다 좋게 말해서 떼어 놓자면 내가 너무 불쌍하지 않니? 어쨌든 네가 잘 위로해 줬잖아. 한 시간도 넘게. 넌 참

속도 좋다. 뭐 그런 걸 들어 줘. 그러니까 애들이 자꾸 너한테 전화하는 거잖아. 벌써 몇 번째야."

"나라도 들어 줘야지. 안 그럼 딴 데 가서 얼마나 욕을 하겠어. 네가 그렇게 하고도 그나마 덜 욕먹는 게 내 덕분인 줄이나 알아."

"아휴, 어련하시겠어요. 그러니까 떡볶이 쏘라는 말은 왜 빼먹어."

"그런 건 이제 자동이지. 우리 사이에."

팔짱을 푼 희가 내 손바닥에 자기 손바닥을 마주 붙여 손가락 마디마디가 꼭 달라붙게 깍지 낀다. 이런 느낌이 싫지는 않다. 누구에게도 나를 뺏기지 않겠다는 다짐처럼 느껴진다. 처음부터 그랬다. 내가 말을 걸었던 그때부터⋯⋯. 자신에게는 분에 넘치는 친구라는 듯 뭐든지 고마워했다. 그 표현이 너무 과해서 민망할 때도 많았다. 지금은 많이 익숙해졌다. 장단도 꽤 잘 맞춰 주는 편이다. 그래 나에게도 희, 너는 소중한 친구다.

학원이 끝나고 집으로 오는 버스 안에서 문자를 받았다. 민재였다. 앞으로 찝쩍대지 않을 테니 걱정하지 말라는 내용이었다. 보통 차이고 난 애들의 반응은 두 가지로 나뉜다.

자존심이 센 애들은 이런 식의 비꼬는 문자를 남기거나 내흉을 보고 다닌다. 그나마 자존심도 부족한 애들은 친구로라도 좋으니 잘 지내자고 한다. 전교 3등 안에 드는 우등생. 키 180센티미터. 운동 만능. 학교에서 제일 인기 많은 이민재의 스펙이다. 아마도 나한테 고백할 때는 자신만만했겠지. 스스로 잘난 줄 아는 애들은 피곤하다. 대부분이 상대방에게 당연하다는 듯 대접받으려 하기 때문이다. 겉으론 이해심 많고 착한 척 아무리 포장을 해도 그 밑바탕에 깔려 있는 자만심은 쉽게 사라지지 않는다. 어쩌면 이민재도 내일부터 내 험담을 하고 다닐지 모른다. 희가 얘기를 잘 들어 줘서 안 그럴지도 모르지만. 참 빤한 애다. 한 가지 예외가 있었다면 생각보다 빨리 마음을 접었다는 것이다. 저런 애일수록 자기가 차일 리 없다고 생각해서 상대방이 튕기고 있다고 믿는다. 때문에 몇 번 더 껄떡대는 법인데…….
러시아워도 아닌데 버스 안이 꽉 찼다. 사람들 체온 때문인지 후덥지근하다. 차창에 뿌옇게 김이 서렸다. 창밖 풍경이 흐려졌다.

초등학교 때부터 그랬다. 너무 예뻐서, 너무 똑똑해서 엄마, 아빠의 자랑이었다. 매일 비교되던 언니는 나 때문에 스트레스가 심해져 견디지 못하고 조기 유학을 결정했다. 떠나기 전날 밤 엄마 몰래 내 팔을 있는 힘껏 꼬집으며 모든 게 다 나 때문이라고 울면서 말했다. 한 살 아래 동생이 받을 상처를 이해할 여유가 언니에게는 없었다. 몇 년 뒤 방학 때 나온 언니에게 그때 일을 살짝 꺼내 봤다. 사과를 받고 싶다기보다 언니 마음이 궁금했기 때문이었다. 언니는 자기가 언제 그랬냐며 오히려 나를 추궁했다. 학교에서도 비슷했다. 선생님은 드러내 놓고 나를 편애했다. 남자애들은 자기들 마음대로 내 이미지를 조립해 놓고 그 속에 나를 가두려 했다. 여자애들은 뒤에서 소문을 만들고 앞에선 친한 척했다. 친구라고 믿었던 애가 언제나 소문의 주동자였다. 내가 따지기라도 할라치면 오히려 나를 몰아세웠다. 나는 더 똑똑해져야 했다. 아이들에게 진심을 보이지 않기로 했다. 그래야 상처받지 않을 수 있었다.

여러 명을 사귈 필요는 없다. 그래 봤자 소문만 늘어난다. 아이들이 나를 어려워하는 게 더 편하다. 가끔 선심 쓰듯 조금 잘해 주면 감지덕지하니까. 친구는 하나로 족하다. 그 대신 그 하나를 잘 선택해야 한다. 꼬여 있지 않고 친화력이 좋은 아이. 그래야 나와 아이들을 잘 연결해 줄 수 있다. 나는 그냥 희 옆에 있으면서 가끔 생긋생긋 아이들에게 웃어 주면 그만이다. 몇 년 동안 희와 나는 그 룰을 잘 지켜 왔다. 우리 사이는 여자아이들에게 선망의 대상이 되었다.

중간고사가 끝나고 날이 따뜻해지자 남자애들은 점심시간마다 운동장을 뛰어다니며 흙먼지를 일으켰다. 흙먼지는 마치, 학교 안을 돌아다니는 근거 없는 소문들처럼 뿌옇게 부풀어 올라 아이들을 따라다녔다. 창문에 앉아 점심시간의 운동장을 쳐다볼 때마다 남녀 합반이 아닌 게 참 다행이라는 생각이 들었다. 먼지와 땀으로 범벅이 된 수업 시간은 생각만 해도 괴롭다.

"나 어떡하지?"

희가 의자를 빼며 조심스럽게 나를 쳐다봤다.

"왜? 무슨 일 있어?"

"저, 실은 어제 민재한테 전화가 왔어."

"아직까지 전화해서 할 푸념이 남았대? 개도 참 못났다."

"아니, 그게 아니라, 네 얘기가 아니고 나한테 할 말이 있어서 한 거야."

희가 손톱으로 공책을 문질러 댔다. 말하기 곤란하다는 표시다.

"뭔데 그렇게 뜸을 들여. 네가 그러니까 더 궁금해지잖아."

"민재가, 내가……."

"아, 답답해. 얘기하려면 얼른 하고, 안 하려면 말고."

"아니, 할게, 할게."

희는 결심을 했다는 듯 눈을 아래로 내리깔았다.

"민재가 내가 좋대. 사귀고 싶대. 나랑은 말이 통하는 거 같대. 자기를 편하게 해 준대. 나한테는 뭐든지 말하고 싶어진대."

쉼표도 없이 속사포처럼 쏴 대는 동안 희는 나를 한 번도 안 쳐다봤다. 한 번도……. 민재 자식이 희한테 고백했다는 사실보다 나를 쳐다보지 않고 말하는 희에게 더 화가 났다. 왜 그런 말을 하면서 내 눈을 피하는 거야? 그리고 그 순간 보았다. 고개 숙인 채 살짝 입꼬리가 올라가는 희의 모습을. 행복을 감추지 못해 양 볼이 살짝 붉어져서 미소까지 짓고 있었다.

"그래서 어쩔 건데?"

나는 애써 침착을 위장한 채 목소리를 낮춰 물었다.

"네가 괜찮다 그러면 나도 민재랑 사귀고 싶어."

"그걸 왜 나한테 물어? 너 하고 싶은 대로 하면 되잖아. 민재가 나한테 허락받고 오라고 한 것도 아닐 거 아니야."

"말을 왜 그렇게 해? 나는 네가 걸려서 그런 거잖아."

"신경 쓰지 말고 하고 싶은 대로 해. 난 정말 괜찮으니까."

억지로 희의 손을 잡으며 차분하게 말했다. 지금 이 아인 누굴까? 내가 알고 있던 그 아이 맞나? 처음 보는 암호처럼 희의 표정을 읽을 수가 없었다.

학원의 형광등이 자꾸 깜빡거렸다. 아이들은 그럴 때마다 불만 섞인 짜증을 뱉어 냈다. 참다못한 선생님은 잠시만 기다려 보라며 관리실로 향했다. 자꾸 희의 입꼬리가 생각났다. 감정을 감출 수 없을 만큼 좋았던 걸까? 아니면 일부러 나 보라고 그랬던 걸까? 실은 알고 있었다. 나에게 사귀자고 했던 많은 애들이 희에게 신세 한탄이나 푸념을 자주 하다가 그중 몇몇은 희에게 고백했던 사실을. 나와 희의 사이를 질투하던 애들이 비밀스럽게 그 사실을 나에게 밀고했었다. 이간질을 위해 사용되었던 그 밀고들은 결코 수면 위로 떠오르지 않았다. 적어도 희는 그 아이들과 사귀지 않았고 나에게 그런 얘기 따위는 하지도 않았다. 그만큼 가소롭고 무가치하다는 얘기였다. 그런 얘기들을 내가 희에게 물을 필요는 없었다. 여자애들과 사이가 좋고 나름 인기도 많은 희였다. 그 아이들의 호기심을 충족시켜 주기 위해 희가 던진 얘기들을 내가 덥석 물 필요는 없었다. 그건 어디까지나 그 아이들을 낚기 위한 미끼였을 뿐이다. 그걸 문 아이들이 더 큰 미끼를 만들어 나에게 와 흔들어 댈 때마다 코웃음을 쳤었다. 미끼를 물지 않는 나를 보면서 안타까워하던 모습이 안쓰럽기까지 했다. 희는 아이들이 나에게 와서 한 얘기들에 대해 알고 있을까? 아이들에게 희의 사용가치는 내 옆에 있을 때뿐이라는 것을. 나와 상관없는 희는 아이들에게 아무런 호기심도 자극할 수 없다.

밤새 잠을 설쳤다. 부은 눈으로 교실 문을 열고 들어가니 한 무리의 아이들이 교실 뒷자리에서 자기들끼리 수군거리며 뭉쳐 있었다. 그 중심에 희가 앉아 있었다. 나를 향한 아이들의 의뭉스런 눈초리. 별로 기억하고 싶지 않은 기분 나쁜 익숙함이 스멀거리며 올라왔다. 나는 아무렇지 않은 척 내 자리로 가 가방을 내려놓았다. 여느 때처럼 자습서를 꺼내 폈다. 다른 때 같으면 벌써 나에게 달려왔을 희다. 하지만 희는 여전히 아이들의 중심에 앉아서 이야기를 이끌고 있었다. 마치 나에게 들으라는 듯 일부러 커다란 웃음을 터트리며.

내가 민감한 걸 수도 있다. 여자애들은 언제나 자습 시간 전에 몰려 앉아 얘기하기에 바쁘니까. 선생님들에 대해, 다니는 학원에 대해, 옆 반의 잘생긴 남자애들에 대해. 얘깃거리는 언제나 넘쳐 났다. 희도 그렇게 기분이 좋지만은 않겠지. 조금만 기다리면 전처럼 나에게 올 거라고 스스로에게 다짐해 본다. 결코 내 얘기를 하고 있지 않을 거라 믿고 싶다. 하지만 그 순긴 아이들의 웃음소리 속에 섞어 들려오는 대화는 나의 기분 나쁜 익숙함을 추측에서 기정사실로 확인시켜 주었다.

"그래서 이민재가 찼다는 말이야? 너 때문에 말이야. 첨에는 최유미 겉만 보고 좋아했다가 너랑 얘기해 보고 마음을 바꿨다는 거잖아. 그걸 갖고 최유미가 너한테 지랄하고."

"야! 최유미 듣겠다. 조용히 말해."

"들으라고 해. 만날 저 혼자 고고한 척하다가 꼴좋게 됐네. 근데 웃긴다, 혼자 잘난 맛에 퉁기다가 저랑 제일 친한 친구한테 고백하니까 그 꼴은 또 못 보는 건 뭐니."

"그러니까 최유미가 이민재랑은 사귀려고 했었다잖아. 이민재 정도면 뭐 최유미한테 부족하지 않지. 개도 우리 학교 인기 짱이잖아. 잘나신 자기가 좋다고 말했는데 이민재가 싫다고 했으니 최유미 자존심에 금도 갈만 하지. 아무리 그래도 제일 친한 친구한테 울고불고 욕하면서 지랄했다는 건 좀 속 보인다. 알고 보니 최유미도 겉으로만 쿨한 척했네. 속은 완전 속물 아니니? 이때까지 고백한 남자애들도 별 볼일 없어서 찼다는 거잖아."

"그래서 이민재랑은 언제 만나기로 한 거야?"

"아까 희가 이번 주에 만나기로 했다고 했잖아. 야, 우리도 좀 껴서 같이 만나면 안 되냐? 이민재 친구들하고 같이. 끼리끼리 뭉친다고 걔 친구들도 다 괜찮더라. 이럴 때 힘 좀 써 봐. 희, 네 덕 좀 보자."

"알았어. 민재한테 한번 물어볼게. 기다려 봐."

가방에서 뭔가 꺼내는 척하면서 뒤를 살짝 돌아봤다. 아이들의 중앙에 앉아 있는 희는 마치 프랑스 계몽주의 시대 살롱의 여주인처럼 우아하게 미소 짓고 있었다.

화도 나지 않는다. 어이가 없어서 웃음만 나왔다. 박수라도 쳐 주고 싶은 마음이다. 희는 대단한 애다. 이때까지 나를 모략했던 그 어떤 친한 친구보다 업그레이드된 버전이었다. 어중간하지 않아서 좋다는 느낌까지 들었다. 그래, 돌아서려면 이렇게 돌아서야 나도 마음잡기가 편하지. 고맙다고 인사라도 하고 싶다. 억울한 마음을 걷어 내고 생각해 보면 명료한 문제다.

그러니까 희는 나보다 이민재를 택한 거다. 객관적으로 본다면 앞으로 희가 이민재 같은 아이를 만날 확률은 거의 없다. 이번 기회를 놓치지 않는 편이 좋을 것이다. 그리고 그 기회를 잡을 바에는 단짝 친구가 차 버린 남자애를 주웠다 는 소리는 듣고 싶지 않았겠지. 나와 계속 잘 지내기도 민망 했을 테고. 하지만 길게 보면 어리석은 짓이다. 내 옆에 있 었으면 앞으로 더 좋은 남자를 잡을 수 있었을지 모르잖아. 어디까지나 내가 차 버린 남자일 테지만.

희는 언제나 들어 주기만 했었다. 순진하게도 나는 그게 희의 천성일 거라 생각했다. 원래 남의 말을 들어 주는 걸 좋 아한다고 말이다. 생각해 보면 다른 아이들과 있을 때의 희 는 굉장히 말이 많았다. 언제나 이야기의 중심에 있었다. 나 는 그것이 내가 희에게 준 혜택이라고만 생각했다. 하지만 나와 있을 때와는 달리 아이들과 있을 때의 희는 쾌활했고 진심으로 즐거워 보였다. 그것을 나는 애써 외면하고 있었 던 거다. 이제야 제대로 판단할 수 있게 됐다. 희는 참고 있 었던 거다. 내 얘기를 들어 주기 싫었지만 억지로……. 그래 야지만 다른 아이들과의 사이에서 소문의 주도권을 잡을 수 있었을 테니까. 그리고 준비했겠지, 오늘 같은 날을 위해서. 희는 누구보다도 나에 대해서 잘 안다고 생각할 것이다. 자 기한테만 모든 것을 말했다고 믿어 의심치 않을 게 분명하다. 내가 자기 손바닥 위에서 논다고 확신하겠지. 아마도 희는 내가 자존심 때문에, 누구에게도 구차스러운 해명을 안한 채 이 시간이 지나가기만을 기다릴 거라고 생각할 거다. 물론 나는 희의 생각처럼 아이들에게 구질구질한 해명 따위를 하면서 희와 싸우지는 않을 것이다. 하지만 희는 잘못 생각했다. 내가 희에게 모든 걸 말했다고 믿는 건 희의 착각일 뿐이다. 나는 한 번도, 내 소문을 무기 삼아 아이들에게 인기를 끌어내고 나를 모략했던 친구들에게 내가 어떻게 했는지에 대해서는 말한 적이 없다. 희가 아는 나는 그런 일을 당하고 상처받기 싫어서 아이들과의 사이에 벽을 쌓은 자존심 강한 아이라는 정도이다. 하지만 그건 '희' 너의 추측일 뿐이야. 나는 전혀 그런 아이가 아니야.

희가 나에게 받아 내던 다짐이 생각났다.

"우리는 서로 숨기는 거 없이 다 말해야 해. 너랑 나는 제일 친한 친구니까."

알고 보니 둘 다 거짓말쟁이였다.

이런 일의 해결 방법은 생각보다 간단하다. 집으로 돌아온 나는 문자메시지를 한 통 보냈다. 학원까지 다녀왔기 때문에 좀 늦은 시간이었다. 이 시간에 전화나 문자를 보내는 건 실례라고 생각할지 모르지만 달리 생각하면 이 시간에 전화나 문자를 한다는 건 그만큼 친한 사이라고 생각한다는 것이기도 하다. 특히 평소에 실수 같은 것을 안 하는 사람이 그런다면 스스럼없기 때문이라고 생각할 것이다. 한 일 분쯤 지났을까? 휴대전화가 울렸다. 문자를 보내자마자 바로 반응이 오다니, 이민재, 그렇게 반가웠니?

"음, 문자가 와 있길래, 네가 나한테 무슨 일이야?"

좀 당황한 목소리다. 하지만 싫지는 않은 말투다.

"내일 너한테 할 말이 있어서."

"내일? 언제?"

"점심시간에 체육관에서."

"알았어, 그럼 내일 보자."

"그래, 내일 봐."

나는 한껏 친절하고 다정스럽게 전화를 받았다. 그래, 희야 앞으로 참 들려줄 말이 많구나. 얼마든지 기대해도 좋아. 어쩌면 너와 단짝일 때보다 더 솔직한 내 모습을 보여 줄 수 있을지도 모르겠다.

오늘도 똑같다. 교실 문을 여는 순간 웅성거리던 소음이 일시적으로 조용해졌다. 아이들은 내 눈치를 힐끔거리면서 살핀다. 희는 여전히 뒷자리 살롱의 여주인 자리를 차지하고 있다. 아무 해명도 않는 나를 보며 자신의 예상이 빗나가지 않았다는 듯, 만족스러운 표정이다. 쉬는 시간에 몇 명의 아이들이 내 옆으로 오기 시작했다. 아무리 이민재라는 멋진 히든카드를 소유하게 되었다지만 아이들은 알고 있다. 내가 없으면 희의 히든카드도 처음부터 없었다는 것을. 단지 아이들은 연예인들의 가십처럼 소문이 그리울 뿐이다. 그것이 거짓이든 진실이든, 누구를 어떻게 상처 주든지 그런 것에는 관심이 없다. 며칠 동안은 희가 만들어 내는 마법 같은 얘기에 홀릴 테지만 내 곁에서 멀어진 희에게서는 더 이상 쓸 만한 게 나오지 않으리라는 걸 아이들은 곧 알게 될 것이다.

선풍기가 바람을 쏟아 낸다. 제대로 청소를 안 해선지 먼지가 더 많이 날리는 것 같다. 선풍기를 처음 트는 날은 항상 이렇다. 시원한 바람의 즐거움보다는 콧속을 간질이는 먼지가 더 골치다. 아이들은 덜그럭 툴툴거리는 고물 선풍기보다 더 툴툴거리며 불만을 날려 대지만 그것도 이삼 일 지나면 가라앉는다. 묵은 먼지는 계속 쏟아지지 않으니까. 며칠만 지나면 일직선으로 내리꽂는 햇살 안으로 유유히 떠다니는 몇 안 되는 낭만적인 먼지만 남을 것이다. 그런 것이다.

묵은 건 털어 내야 한다. 처음에는 좀 힘들겠지만 그것도 며칠만 지나면 괜찮아진다. 나도 곧 괜찮아질 것이다.

벨이 울린다. 점심시간이다. 희는 주번이라서 5교시 체육 시간에 쓸 뜀틀을 미리 준비해야 한다. 다른 주번인 박윤지와 체육관 안의 창고에서 뜀틀을 꺼내려면 시간이 한참 걸릴 것이다. 우리가 이번 학기 처음으로 뜀틀을 쓰기 때문이다. 희가 체육관으로 향했다. 나도 뒤따라 나갔다. 창고 안으로 들어가는 희를 확인하고 이민재에게 전화를 했다. 몇 분 지나자 이민재가 체육관 안으로 들어왔다. 나는 창고 문 앞쪽으로 걸어 들어가 이민재에게 손짓을 했다.

"할 얘기란 게 뭐야?"

"너한테 묻고 싶은 게 있어서."

"어떤 거?"

"너, 희한테 사귀자고 했다며?"

"그건 네가 알아서 뭐하게?"

이민재는 내 표정을 살피려는 듯 천천히 훑어봤다.

"하긴 그건 내가 알 필요 없을지도 모르지. 내가 알고 싶은 건 네가 희한테 나를 찼다고 했냐는 거야."

이민재의 눈이 커다래지며 나를 쳐다봤다.

"그게 무슨 소리야? 누가 그래?"

"누구긴, 희가 우리 반 애들한테 그러던걸. 내가 너랑 사귀자고 했는데 네가 나를 찼다고. 설마 나랑 제일 친한 희가 거짓말을 하겠어?"

이민재는 어이없다는 듯 농구 골대를 발로 찼다.

"진짜 김희가 그랬어?"

"어."

딱 부러지게 대답했다.

"김희 진짜 웃기는 년이네. 난 그런 말 한 적 없어. 너한테 차인 게 자존심 상하긴 하지만 그런 거짓말을 할 만큼 비열하진 않아. 그리고 솔직히 김희한테 사귀자고 한 것도 말하고 나서 얼마나 후회했는데. 너한테 차이고서 너랑 제일 친한 애한테 그렇게 말하면 네가 무슨 반응이라도 보일까 봐 그렇게 말해 봤던 거야. 애들이 그러더라고. 원래 공주님 꼬시려면 무수리한테 잘해 주면 된다고. 안 그래도 김희한테 실수라고 말하려 했어. 그런데 그런 헛소리를 하고 다녔단 말야? 그리고 솔직히 김희 같은 애가 네 친구가 아니면 나랑 얘기할 주제라도 되겠냐? 김희, 정말 주제 파악도 못하는 애구나."

지금부터가 제일 중요하다. 나는 이민재의 귀에 대고 속삭이기 시작했다. 창고에서 박윤지와 나오는 희와 눈이 마주쳤다. 희는 이쪽으로 오지도 못하고 체육관 밖으로 나가지도 못한 채 안절부절못하고 있다. 박윤지는 그런 희를 궁금한 눈으로 살펴보고 있다. 나는 그런 둘을 감상하면서 이민재의 귓속에 가벼운 입김을 밀어 넣으며 할 말을 마저 했다. 이민재는 나를 신기한 눈으로 쳐다봤다.

"넌 김희한테 암말 안 해도 돼? 억울하지 않아?"

웃는 것으로 대답을 대신했다.

이민재가 희에게 웃으며 다가간다. 희는 그것 보라는 듯 나를 보며 웃는다. 금방이라도 울 것 같던 방금까지의 얼굴에 순식간에 화색이 돈다. 박윤지는 그런 둘을 보며 부러운 듯 웃는다. 교실로 돌아간 희는 들뜬 듯 뒷자리의 아이들을 소집한다. 아이들은 순식간에 희의 주변을 둘러싸고 희가 물어 온 생생한 소식에 귀를 기울인다. 몇몇은 힐끔거리며 불쌍한 듯 나를 쳐다본다. 박윤지는 당당한 증인으로 그 사이에 끼어 있다. 아마도 희는 내가 이민재에게 창피한 줄도 모르고 매달렸다고 할 것이다. 하지만 이민재는 자신을 보자마자 나를 내버려 둔 채 달려왔다고 말하겠지. 의심할 애들도 없을 것이다. 박윤지가 희보다 더 신나서 침까지 튀겨가며 증언을 해 댈 테니까.

"그래서 내일 학교 끝나고 듀브랜드 앞에서 만나기로 한 거 맞아?"

"어, 일단 내일 둘이 만나서 너희 얘기도 할게. 그럼 조금 있다가 우리 있는 대로 와. 인사시켜 줄게."

"야 좋겠다. 누구는 배 아파서 잠도 못 자겠네."

"그러게 말이다. 그러게 평소에 좀 잘하지. 쪽팔려서 어디 얼굴 들고 다니겠냐."

"이민재가 인물은 인물이다. 저 잘난 최유미 한 방에 이미지 금 가는 거 봐라."

"진짜 희, 너 이민재 꽉 잡고 놓치면 안 돼. 누구 좋으라고."

희의 살롱에는 더 많은 추종자들이 몰려들었다. 쉬는 시간마다 옆 반에서 뛰어오는 애들까지 있었다. 수업이 끝날 무렵에는 학교 안에 웬만한 애들은 이 일을 다 알게 되었다.

반바지를 찾았다. 큐빅이 박힌 물 빠진 청바지다. 너무 짧아서 허벅지가 다 드러나 작년 여름에 한 번 입은 후 버리려고 따로 놔뒀던 옷이다. 안에 탑을 입고 속이 비치는 얇은 후드티를 껴입는다. 머리를 풀고 정성 들여 드라이를 한다. 생머리의 끝이 안으로 둥글게 말리게 밀어 넣었다. 틴트를 살짝 바르고 스니커즈를 꺼내 신고 크로스백을 멨다. 바람 한

점 없는 더운 날이다. 낯익은 시선들이 느껴진다. 이 시선은 나에겐 일종의 벌이다. 팬티를 간신히 가리는 반바지에 긴 생머리. 지나가는 누구나 한 번씩 처다본다. 마치 가격표를 붙이는 표정들이다. 학원에 가는 버스에 오른다. 의자에 앉자 앞자리에 앉아 있던 다른 학교 남자애들이 몰래 사진 찍는 소리가 들린다. 일부러 모른 척한다. 자기들끼리 수군거린다. 차 안에서 이민재에게 문자를 받았다. 학원에 도착해서도 버스 안과 별반 다르지 않았다. 여기저기서 몰래 사진 찍는 소리가 들린다. 수업 내내 아이들은 나를 몰래 힐끔거린다. 이 견디기 힘든 관음증을 이겨 내면 권력이 따라온다. 내가 원할 때 나는 이 시선을 이용할 수 있다. 내일쯤이면 오늘 사진을 찍은 아이들의 홈피에 내 사진이 올라올 것이다. 나는 여전히 소문의 중심에 있을 것이다.

이른 시간의 교실에는 희미한 나무 냄새가 난다. 오랜만에 푹 잔 덕분에 아침 일찍 학교에 올 수 있었다. 차가운 책상에 엎드려 볼을 가져다 댄다. 희가 써 논 낙서가 벌써 흐릿해졌다. 아이들이 하나둘씩 교실을 채운다. 어제 희와 함께 이민재를 만나러 가기로 했던 애들이 교실로 들어오자 내 눈치를 살핀다. 당장이라도 달려와서 묻고 싶은 게 많은 표정이다. 수업이 시작됐다. 희는 아직 오지 않는다. 희의 살롱에 몰려들던 아이들이 쉬는 시간마다 자기들끼리 속닥거린다. 저 아이들은 본능적으로 아는 것이다. 희의 살롱은 문을 닫게 됐다는 것을. 더 이상 그곳에 그럴듯한 이야기는 없다. 추하고 더러운 추문만 있을 뿐이다. 점심시간이 돼서야 희가 교실로 들어왔다. 희는 아무 말도 안 하고 자리로 가 앉더니 휴대전화를 꺼내 전화를 걸기 시작한다. 발신 버튼을 다시 누를 때마다 희의 얼굴이 조금씩 달아오른다. 아무도 희의 옆에 가지 않는다. 희는 교무실로 불려 갔다. 아마도 지각한 이유를 만들고 있겠지. 어쩌면 내일은 학교를 안 나올지도 모른다.

집으로 가자마자 교복도 벗기 전에 컴퓨터를 켜고 이민재 홈피부터 들어갔다. 새벽까지 정성 들여 업데이트를 한 거 같다. 벌써 일일 방문객 수가 몇 백을 넘는다. 사진첩에 들어가 이민재가 올려놓은 사진들을 봤다. 생각보다 희의 사진이 잘 나왔다. 사진이 실물만 못하다는 건 거짓말 같다. 내 홈피를 열었다. 일촌 신청이 잔뜩 밀려 있다. 신청한 애들 홈피를 들어가 보니 아니나 다를까 어제 버스와 학원에서 찍힌 사진들이 올라와 있다. 나는 올린 사진을 지우라고 쪽지를 보낸 다음 일촌 신청 받은 것을 일일이 거절했다. 사진을 지우라고 하면 아이들은 일촌 공개로 돌려놓고 자기들끼리 사진을 공유할 것이다. 그러면 사진은 더 빠르게 퍼진다. 아마도 며칠 안에 내 사진과 희 사진은 아이들의 홈피에 제일 많이 올라올 것이다. 우리는 제일 친했으니까 이럴 때도 함께인 것은 당연하다.

교실 안이 술렁거린다. 아이들은 새로운 살롱을 만들어 자기들끼리 얘기하기에 바쁘다.

"그거 봤냐? 이민재 홈피. 나 보고 완전 깼다. 김희 완전 장난 아니더라. 어떻게 그런 사진을 찍냐. 같이 찍힌 애 뚱민호 맞지? 야한 농담만 하는 애 있잖아. 걔 뛰면 뱃살도 같이 출렁거리잖아."

"둘이 키스한 거 맞지? 입술이 완전 겹쳤던데. 징그럽게 그게 뭐냐."

"야, 뚱민호 손 봤어? 김희 엉덩이 만지더라."

"으으~ 징그러. 김희는 이민재 만나면 긴다고 해 놓고 우리한테 전화도 안 했잖아."

"이민재는 원래 김희랑 사귄다는 말도 안 했대. 그냥 뚱민호 소개해 준다고 한 거래. 어쩐지 이상하다 했어. 이민재가 뭐가 아쉬워서 김희랑 사귀겠어."

"너도 이민재 다이어리 봤구나? 최유미한테 차여서 서운했지만 앞으로 친구하기로 했다더라. 그래서 뚱민호도 소개해 주기로 한 거래. 둘이 제일 친하니까. 이민재도 놀란 거 같던데. 자기는 그런 말 한 적도 없는데 김희 혼자 맘대로 생각해서 어떻게 해야 좋을지 모르겠다고 말이야. 그런 짓까지 해 놓고 막 전화해서 이상한 소리 한다잖아."

"그럼 최유미가 매달렸다는 것도 다 거짓말이네?"

"그렇지. 최유미가 그럴 애는 아니지. 우리도 최유미랑 제일 친한 애였으니까 그냥 김희 말만 듣고 믿은 거잖아."

"그럼 최유미 제대로 뒤통수 맞은 거네."

"그러게 말이다. 여튼 최유미도 대단해. 화 한 번 안 내고 입 다물고 있었잖아. 어떻게 그걸 가만두냐. 내가 생각해도 분한데 쟤는 오죽했겠냐."

"그건 그렇고 애들 홈피에 올라온 최유미 사진 봤냐? 그 반바지 입은 거, 장난 아니더라. 얼굴이 주먹만 해서, 우리랑은 기럭지 자체가 다른 게 완전 자체발광이야. 남자애들 서로 퍼 가고 난리도 아니더만."

며칠 동안 희는 학교에 나오지 않았다. 그동안 학교 안은 희의 소문으로 시끌벅적했다. 무료하고 지겨운 학교생활이 오랜만에 즐거운 듯 모두들 모이면 떠들어 대기 바빴다. 이민재는 바로 다음 날 사진을 홈피에서 내렸지만 그 때문에 소문은 더 커졌다. 당분간 이 소문은 점점 더 커져서 어느 순간 희는 뚱민호와 동거를 하고 있을지도 모른다. 이민재에게 계속 추파를 던지면서. 소문이란 원래 그런 것이다. 희, 네가 어떤 얼굴로 교실을 들어올지 벌써부터 기대가 된다. 난 언제나처럼 널 보고 웃어 줄게.

희가 교실로 돌아왔다. 잠을 잘 못 잤는지 퉁퉁 부은 얼굴이다. 내 쪽으로는 고개도 돌리지 않는다. 아이들은 뒤에서 수근거리기 바쁘다. 희는 그런 것에는 관심도 없는 듯 휴대전화를 열고 계속 번호를 누른다. 나는 우유를 사러 매점에 들렀다. 점심시간이라 그런지 애들이 많다. 역시 이 시간은 피하는 게 좋다. 이민재가 살짝 어깨를 친다. 나는 웃으며 고개를 약간 끄덕였다. 아이들이 우리를 보고 있다. 이제 이민재는 내 친구가 되었다. 매점으로 누군가 뛰어들어 왔다. 희다. 희가 이민재를 붙잡고 소리친다.

"너 왜 전화 안 받아?"

순식간에 아이들이 몰려든다. 이민재는 곤란한 표정으로 희의 손을 떼 낸다.

"내가 왜 네 전화를 받아야 해?"

"나한테 할 말이 있을 거 아냐. 사진은 왜 올렸어? 그리고 너 왜 나한테 거짓말했어?"

"무슨 거짓말?"

"몰라서 물어? 뚱민호랑 키스하라고 한 거 너잖아."

"내가 언제 그랬어."

"네가 그날 노래방에서 그랬잖아. 게임에서 졌으니까 뚱민호랑 키스하라고. 다른 애들도 그런 건 쉽게 한다며. 너랑 사귀려면 그런 건 쿨하게 할 줄 알아야 한다고 그랬잖아."

"뭔 소리야? 내가 민호 소개해 주니까 네가 좋다면서 키스까지 한 주제에. 그리고 사진은 네가 퍼 간다고 올려 달란 거잖아. 하루 지나도 안 퍼 가서 바로 내렸는데 뭔 소리야. 지금 나 많이 참고 있으니까 그냥 꺼져라, 욕 나오기 전에."

"내가 뭘 잘못했다고 나한테 그래? 네가 나보고 사귀자고 한 거 맞잖아."

"내가 언제? 너 웃긴다. 너야말로 최유미가 나한테 매달렸다고 떠들고 다녔다며. 너 최유미랑 제일 친한 거 아니었어? 그런 거짓말이 나오데? 내가 너 같은 거랑 뭐가 부족하다고 사귀겠냐?"

희는 믿을 수 없다는 듯 이민재 팔을 붙잡고 흔들었다. 아이들이 눈을 번뜩이며 호기심에 가득 차 주변에서 떠나질 않는다.

"너 전에 최유미한테 차였던 애들한테도 전화해서 알랑방귀 뀌면서 최유미 흉봤다며? 그거 남자애들은 다 아는 얘기야."

"내가 언제 먼저 전화했어? 걔들이 그래? 먼저 전화한 적 없어."

"너 보니까 거짓말이 생활인 거 같은데 누가 네 말을 믿어 주겠어?"

희는 이제 팔을 뻗어 이민재의 옷을 잡아당기며 소리 질렀다. 이민재는 희를 마치 옷에 붙은 휴지 조각처럼 뜯어낸 후 밀쳤다. 희가 매점 바닥에 넘어졌다. 이민재는 재수 없다는 듯 침을 뱉더니 밖으로 나갔다. 희는 울면서 일어났다. 희가 고개 들어 나를 쳐다봤다. 나는 희를 쳐다보고 방긋 웃어 주었다. 희가 나에게 달려들었다. 교실에서 날 향해 달려오던 때처럼 마구, 있는 힘을 다해. 옆에 있던 아이들이 희를 막았다. 희는 바닥에 다시 내동댕이쳐졌다. 나는 무릎을 굽혀 희를 일으켜 세워 주며 귀에 대고 속삭였다.

"이제 시작이야."

우리는
괜찮다

"하루 이틀도 아니고 이렇게 매일 우리만 데려다 줘서 어떡해?"

집이 가까워 오자 인희가 미안한 듯 머뭇거렸다.

"그러게, 한 번도 재희부터 데려다 준 적이 없네. 언제나 혼자 집에 가잖아. 다음엔 좀 오래 걸려도 재희 먼저 데려다 주자."

윤주도 내 눈치를 살피며 인희의 말을 거들고 나섰다.

"여기서 한참 더 들어가야 하는데, 뭐하러 힘들게 그렇게까지 해. 어차피 집에 가는 길이니까 하던 대로 합시다. 그런데 아까 수학 시간에 선생님이 내 준 숙제 있잖아. 그거 혼자 풀기는 힘들 거 같지?"

나는 일단 화제를 다른 곳으로 돌렸다. 다행히 인희와 윤주도 내 화제에 금방 따라와 줬다.

빨간 쇠 대문을 열고 인희가 들어갔다. 우리는 나란히 서서 손을 흔들었다. 골목을 나와서 큰길을 따라 계단을 올라갔다. 계단의 끝, 오른쪽 빌라 입구로 윤주가 들어갔다. 나는 내일 보자며 손을 흔들었다. 마지막에 남는 건 항상 나다. 인희와 윤주는 내가 이 동네에 사는 걸로 안다. 자기들처럼 엄마 아빠가 다 있는 평범한 집, 그리 부자도 아니고 그리 가난하지도 않은 그런 집에 사는 줄 안다. 일부러 거짓말을 한 것은 아니다. 단지 부정도 긍정도 안 했을 뿐이다. 그러다 보니 어느 날, 내가 이 동네에 사는 걸로 돼 있었다.

어떻게 보면 이름표를 붙이는 것과 비슷하다. 새로 지은 아파트에 사는 애들은 제일 좋은 이름표를 붙인다. 일반 주택단지에 사는 애들은 중간 이름표. 철거 예정지에 사는 애들은 아무런 이름표도 갖지 못한다. 이름표를 갖지 못한다는 건 아무에게도 이름으로 불리지 못한다는 거다. 이름은 있지만 없는 사람이거나 짐승 취급이거나 둘 중 하나다. 이름을 보증해 줄 표가 없기 때문이다. 고등학생이나 된 애들이 하는 짓이 그렇다. 선생들도 동조하는 분위기다. 아이들의 차별을 뻔히 보면서도 수긍하거나 모른 척한다. 걸리지 않는 수밖에 없다. 매일 이렇게 아이들을 모두 바래다주고 혼자 집으로 가더라도 견뎌야 한다.

집으로 들어가는 골목 끝까지 한 번에 뛰었다. 뒤를 돌아보니 누가 따라온 흔적은 없다. 들키진 않았겠지? 겨드랑이 사이로 식은땀이 흘러내렸다.

8월 18일까지 집을 비워 주시기 바랍니다.
추후 강제 철거 예정입니다.

벽에 붙어 있는 계고장은 여전히 자기 자리를 잘 지키고 있다. 주머니에서 열쇠를 꺼냈다. 녹이 슬어 잘 맞지 않는 자물쇠 구멍에 억지로 열쇠를 밀어 넣었다. 한참을 씨름하고 나서야 자물쇠가 열렸다. 문을 열자 부엌 가득 고여 있던 수챗구멍 썩는 냄새가 밖으로 흘러나왔다. 빗자루로 문을 괴어 환기를 시키고 방 안에 가방을 던져 넣었다. 오늘은 할머니가 시장 쪽으로 폐지를 모으러 가는 날이다. 시장에서 박스를 받으려면 과일이나 야채 정리도 해 주고 가게들 주변 청소도 해 줘야 한다. 박스는 많이 받을 수 있지만 하루 종일 일을 도와줘야 하기 때문에 할머니는 다른 날보다 더 힘들어 한다.

설거지를 시작했다. 아침에 먹은 밥그릇 두 개랑 반찬 그릇 한 개가 고작이다. 할머니를 위해 멸치 몇 마리를 넣고 김치찌개를 끓였다. 대충 방 청소를 하고 보니 아르바이트 시간이 다 돼 간다. 오늘도 점장의 잔소리는 보너스로 따라 올 것 같다.

햄버거 체인점에서 일한 지는 벌써 몇 년이 되었다. 요즘 은 하루 다섯 시간씩 시급 4,860원을 받는다. 할머니가 폐지를 모아 버는 돈으로 세금을 내고 내가 버는 돈으로 학비며 급식비를 낸다. 국가보조금은 모아 뒀다가 급한 일이 생길 때만 조금씩 꺼내 쓴다. 할머니와 나는 여기서 더 나빠지지 않기만을 바랄 뿐이다. 지금은 둘이서 충분히 해 나갈 수 있 다. 가끔 웃을 수 있는 여유도 있다. 언제나 생각했다. 여기 가 바닥일 거다. 치고 올라갈 일만 남았다. 더 나빠질 일은 없다. 하지만 집 앞에 계고장이 붙은 후 할머니는 매일 울음 으로 하루를 시작한다. 차마 붙어 있는 계고장은 떼 내지도 못하고 매일 일 삼아서 쳐다보며 운다. 쳐다본다고 뾰족한 수가 생기는 것도 아닌 걸 뻔히 알면서도 운다.

주민센터에 가서 알아 보니 2008년 10월 이후 세입자에 게는 보상금도 나오지 않는다고 한다. 참 아이러니한 일이다. 월셋집만 전전하다 허름하고 낡은 단칸방이지만 전셋집이 생겼다고 그렇게 좋아했는데, 일 년도 살지 못하고 쫓겨나게 생겼다. 이 집 보증금으론 반지하 월셋방이나 겨우 구할 수 있을 거다. 월세 낼 돈 굳었으니 조금씩이라도 모아나 대학 보낸다고 그렇게 좋아하던 할머니였다. 배워야 안 굶고 산다고, 자기처럼 서러운 세월 안 산다며 볼 때마다 대학 가라고 그렇게 다짐을 받았었다.

아르바이트가 끝나 갈 무렵부터 빗방울이 떨어지기 시작하더니 집으로 갈 때는 제법 빗줄기가 굵어졌다. 여름이라 주방에 갇혀 끓는 기름에 감자를 튀겨 내고 불판에서 고기를 굽다 보면 등이 흠뻑 젖었는데 바람도 선선한 게 시원하고 좋다. 오랜만에 비나 맞으면서 천천히 걸어가야겠다. 젖은 불빛들이 발밑으로 번져서 흐른다. 비 오는 날에 보는 가게나 집 들은 참 따뜻해 보인다. 창으로 새어 나오는 그 풍경만으로 완벽해 보인다. 그 안에 있는 사람들은 그들의 실제 대화와 상관없이 모두 행복해 보인다. 시원하던 바람이 어느 순간 쌀쌀하게 느껴졌다.

동네가 가까워 오자 주위가 깜깜해졌다. 재개발이 결정되고 하나둘씩 이사를 가기 시작해 지금 남아 있는 집들이 반도 채 안 되기 때문이다. 이렇게 검은 밤에 길 밖에서 동네를 쳐다보면 거대한 검은 덩어리가 마치 상처를 입은 채 웅크리고 앉아 있는 한 마리 짐승처럼 느껴진다. 너무나 흉측해서 누구에게도 사랑받지 못하고 쫓겨 다니는 그런 버림받은 짐승. 나는 그 짐승의 속으로 발을 내디뎠다. 어두운 골목길을 빠른 걸음으로 걸었다. 발자국 소리가 그림자를 끌고 나를 따라왔다. 애써 뒤돌아보지 않고 앞만 보고 달렸다. 할머니가 나를 기다리며 작은 희망처럼 불을 켜 놓았을 우리 집으로.

할머니는 밥상을 차려 놓고는 꾸벅꾸벅 졸고 계신다. 나를 기다리느라 아직 밥도 안 먹은 것 같다. 텔레비전에서는 뉴스가 하루 일과를 정리해 주고 있다. 사건과 사고로 마무리되는 하루. 아직까지 우리 집 일은 아니다. 하지만 얼마 후 억지로 끌려 나가는 할머니와 나의 모습이 저 뉴스의 한 부분을 채울지도 모른다. 반 애들 중에 누군가가 본다면 다음 날 학교에서 아이들에게 떠들어 대겠지.

"할머니, 그렇게 앉아서 졸지 말라니까. 일어나 봐요. 편하게 자야지. 그리고 나 안 오면 먼저 먹으라니까 왜 꼭 날 기다리느라 할머니까지 밥을 굶어."

나는 할머니를 흔들어 깨웠다.

"재희 왔어? 할미가 찌개 데워 올게 기다려 봐."

할머니가 짓무른 눈을 꾹꾹 누르며 애써 일어나려 했다.

"아니야. 나 일하면서 이것저것 주워 먹었더니 배불러. 내가 데워 올게 할머니나 먹고 자."

"그랴? 그럼 나도 그냥 잘란다. 오늘 하루 종일 박스 뜯고 가게들 청소했더니 피곤하다."

"할머니 내일부터는 나 기다리지 말고 먼저 저녁 먹어야 해. 자꾸 굶으면 몸에 안 좋아."

"알았응께, 잔소리 좀 그만혀. 그럼 난 먼저 잘 테니, 너도 얼른 씻고 다리 좀 펴라."

할머니를 펴 놓은 이부자리로 옮겼다. 할머니는 흐르는 시간에 비례해서 작고 가벼워져 간다. 내 다리가 굵어질수록 할머니 다리는 가늘어진다. 어떨 때는 내가 할머니의 진을 빼 먹고 크는 거 같아 견디기 힘들다. 내가 커 갈수록 그랬다. 할머닌 등이 굽고 뼛속이 비어 가다 어느 날 먼지가 돼 버릴 것 같았다. 틀니를 빼고 옆으로 누우니 한쪽으로 할머니 입술이 흘러내렸다. 그 사이로 보이는 텅 빈 입속의 작고 붉은 혀가 마음이 아프다. 난 아직 할머니의 틀니 하나 제대로 된 것으로 바꿔 주지 못한다. 대학 따위는 할머니의 소원이 아니라면 가고 싶은 생각도 없다.

교실 안이 물을 끼얹은 듯 조용하다. 시험 마지막 날이라 그런지 애들은 작은 소리에도 민감하다. 나도 학생인지라 어제 새벽까지 공부란 걸 하기는 했다. 암기 과목까지는 그래도 어떻게든 해 보겠는데 수학은 이미 포기한 지 오래다. 그래도 중상위권을 유지하는 거 보면 내 머리가 그렇게 나쁜 것 같지는 않다. 하지만 점점 더 지금의 성적을 지키기 어려워질 거다. 아이들은 고2 여름인 지금부터 본격적으로 공부에 몰입하기 시작할 거고 나는 학교를 계속 다니기 위해 아르바이트를 줄일 수 없기 때문이다. 물론 나도 잠을 줄여 가며 노력해 보겠지만 어쩔 수 없이 격차는 벌어질 거다. 할머니에게 말하면 어떻게든 해결해 보겠다고 일을 못 하게 할 테지만 할머니가 할 수 있는 일이란 게 폐지를 더 줍는 거밖에는 없다. 할머니는 잠도 자지 않고 폐지를 주우러 다닐 거다. 밤새도록 리어카를 먼 동네까지 끌고 다닐지도 모른다. 늙은 할머니가 안 자고 일하는 것보다는 젊은 내가 안 자고 공부하는 게 더 낫다.

"재희야 시험 잘 봤어? 난 완전 죽 쒔다."

짜증이 가득한 얼굴로 인희가 다가왔다.

"나도 별로. 아는 문제도 잘못 읽어서 틀렸어, 윤주 너는?"

윤주는 제법 자신 있는 표정이다.

"이번에 족집게 과외한 게 효과 좀 봤나 봐. 저번보다 훨씬 나은 거 같아."

"그럼 결정됐네. 오늘은 네가 한턱 쏴라. 재희야 윤주한테 피자 얻어먹자."

이럴 때 호응해 주지 않으면 인희는 금방 삐친다.

"그래, 오늘은 윤주가 사 주는 피자 좀 먹어 보자."

"싫어, 내가 돈이 어딨어. 그냥 컵 떡볶이로 만족하셔."

"에이~ 짠순이, 어제 용돈 받은 거 다 알거든요. 너희 엄마가 울 엄마한테 네가 용돈 올려 달라고 데모했다고 다 불었다. 이번 달부터 이만 원씩이나 더 받는다며."

"하여간 가까운 곳에서 정보가 샌다니까. 알았다. 기분이다. 피자 먹으러 가자. 쿠폰도 다운받아 논 거 있으니까 어떻게든 되겠지."

얻어먹는 건 정말이지 불편하다. 두 번에 한 번은 갚아야 하는데 그게 생각보다 부담스럽다. 그렇다고 매번 빠지는 것도 눈치 보인다. 애들은 내가 이만 원을 벌려면 몇 시간 동안 감자를 튀겨야 하는지 알까?

"쟤 2반에 함준이 맞지?"

늘어난 피자치즈를 접시에 올려놓던 윤주의 손가락이 창

밖을 가리켰다.

"어, 맞는 거 같은데. 진짜 가난은 나라님도 구제 못 한다더니 완전 그냥 봐도 빈티 좔좔이다. 근데 쟤 학교 앞 슈퍼에서 물건 훔치다 걸렸다며?"

"야, 사거리에 있는 쇼핑몰에서 옷도 훔치다 걸렸대. 함준이 아빠 쓰레기 청소한다며? 그래서 쟤 옆에 가면 냄새 난다잖아. 어제도 운동장 구석에서 윤준환 패거리한테 맞았을걸. 근데 손으로 때리면 냄새 묻는다고 발로만 차더래. 윤준환도 재수 없지만 솔직히 함준이 같은 애하고 같은 학교 다니는 거 좀 그렇지 않니? 우리까지 똥값 되는 거 같아서 난 싫더라."

"야, 무슨 말을 그렇게 하냐. 똥값이라니. 그래도 우린 쟤하고 다른데. 아무리 떨어져도 은값은 되지 않겠어?"

뭐가 그렇게 재밌는지 윤주는 손뼉까지 쳐 가며 낄낄 웃어 댔다.

"계집애, 하여간 말 한번 예쁘게 한다니까. 뭐, 저런 애들 고등학교 졸업하면 볼 일이나 있겠냐? 지금이야 싫어도 어쩔 수 없이 같이 학교 다녀야 하지만, 쟤네 주제에 대학까지 우릴 쫓아오겠어? 좀만 견뎌야지."

"얼마 전에도 우리 엄마가 그러더라. 이 근처 질은 얌통 사는 애들이 다 흐려 놓는다고. 삽으로 퍼다 어디 던져 버렸으면 좋겠대. 솔직히 그쪽 애들 다 그렇잖아. 공부도 못하고 더럽고 반 이상은 고등학교도 안 간다고 하던걸. 여자애들은 술집 같은 데 다닌대."

"우리 엄마도 그랬어. 모르는 사람은 가난한 사람들이 착하고 불쌍한지 알지만 그 사람들이 얼마나 남한테 피해 입히는지 아냐고. 사기 잘 치고 억척스럽고 무식해서 말도 안 통한다고, 그냥 상종 안 하는 게 제일 좋대. 그래서 우리 엄마는 파출부 아줌마 오는 날은 식탁 위에 잔돈 같은 것도 싹 치워 버리잖아. 혹시 가져갈까 봐. 전에 일하던 아줌마도 그거 때문에 울 엄마랑 대판 싸우고 그만뒀거든. 그 아줌마 자기가 안 가져갔다고 끝까지 우기는 거 있지. 우리 엄마가 그 아줌마 자르면서 일부러 돈 덜 줬잖아."

"그러게 가난한 사람은 다 가난한 이유가 있다는 우리 아빠 말이 맞다니까."

"야! 재희, 넌 왜 그렇게 암말도 안 하고 창밖만 보고 있어?"

인희가 어깨를 툭툭 쳤다. 그럼 내가 너희의 그 쓰레기 같은 말을 듣고 맞장구를 쳐야 하니? 그래도 대꾸는 해 줘야겠지?

"어, 오늘도 비가 올 것 같아서. 구름이 무거워 보이네."

"그래? 아, 짜증 나. 이따가 학원 갈 때 우산 가져가야 하잖아. 귀찮은데."

"그러게 나랑 같이 과외하자니까. 학원은 일대일로 가르쳐 주지 않아서 따라가기 힘들다니까."

"진짜 엄마한테 말해서 다음 달부터 윤주 너랑 같이 과외할까 봐."

"같이하면 나야 좋지. 엄마한테 떼써 봐. 알았지?"

"이번에 너 성적 많이 올랐다고 하면 엄마도 같이하라고 할 거 같아. 둘이 같이하면 재밌겠다. 재희도 엄마한테 말해서 같이하자 그러자."

나는 흘린 것도 없는 테이블을 냅킨으로 닦아 댔다.

"난 됐어. 지금만으로 충분히 벅차."

"하여간, 재희는 이런 얘기만 나오면 꼭 뒤로 뺀다니까. 혹시 혼자서만 족집게 과외하는 거 아냐?"

인희의 팔을 장난스럽게 살짝 꼬집었다.

"걱정 마라. 혹시라도 그럴 일 있으면 너희부터 부를 테니까."

물론 그럴 일은 없겠지. 그 돈 있으면 우리 방 얻는 데 보태겠다. 일부러 없는 말을 만들어 거짓을 꾸며 대진 않는다.

그게 내 자존심을 지키는 유일한 방법이다. 얌통이란 내가 사는 재개발지구를 뜻한다. 얼른 이사 가서 재개발이 돼야 이 근처 집값이 같이 오를 텐데 얌통머리 없이 개기고 산다고 붙여진 이름이다. 저 애들의 말을 듣고 있으니 아메리카 대륙의 원주민인 인디언들이 생각난다. 몇 천 년을 지키고 살던 자신들의 땅을 뺏겨 버리고 나중에는 민병대에게 머리 가죽 사냥까지 당해야 했던 그들이. 자신들의 집을 허물고 그곳에 새집을 지어 마치 처음부터 주인인 양 행세하는 이 주민들을 바라보며 무슨 생각을 했을까?

얌통이 생겨난 지는 벌써 몇 십 년 전이다. 인희와 윤주가 태어나기도 훨씬 전이다. 돈 없고 가난하던 사람들이 하나둘씩 모여들면서 만들어진 동네다. 지금도 겨울에는 연탄을 때는 집이 많다. 골목이 좁아서 차도 못 들어간다. 연탄을 나를 때면 일일이 손으로 나르거나 리어카를 써야 한다. 그만큼 얌통은 나이를 먹었다. 적어도 이 근처에서는 제일 오래된 동네다. 누가 얌통에 사는 사람들에게 욕을 하거나 강요할 자격은 없다고 생각한다. 얌통은 주변에 아무런 피해도 주지 않는다. 땅값 따위보다는 사람이 훨씬 중요한 거 아닐까?

한 번 정착한 사람들은 쉽게 얌통을 못 벗어났다. 이상하게 아무리 열심히 일해도 얌통 사람들은 얌통 사람일 수밖에 없는 경우가 대부분이다. 우리 할머니만 해도 그렇다. 일어나서 잘 때까지 하루 열 시간은 리어카를 끌고 다닐 거다. 흰 다리가 더 휘어 가고 얇은 살가죽이 리어카 손잡이에 닳아 굳은살 박이도록 일을 해도 할머니의 현실은 바뀌지 않았다. 내가 아는 한 얌통에서 일이 없어서 노는 사람은 있어도 일부러 노는 사람은 없다. 몇몇 게으른 사람이 있을지도 모른다. 그것도 얌통 사람이라 그런 게 아니다. 어느 동네나 그 정도의 비율은 존재한다. 그들은 그저 얌통 사람들이라서 그렇다는 자신들의 확신을 강요하고 싶은 것뿐이다. 인희 아빠의 말이 맞을지도 모른다. 가난한 사람은 가난한 이유가 있다는 말. 하지만 그 가난한 이유가 가난한 사람에게 있지는 않은 거 같다. 아니 있지 않다.

유난히 손님이 많은 날이었다. 일하는 중에 잠시도 앉아 있지를 못했다. 기름 냄새에 찌든 유니폼을 벗었다. 여기저기 번진 기름 얼룩들은 처음부터 찍혀 있던 무늬같이 자연스러워 보였다. 내 인생도 처음부터 저렇게 얼룩이 찍혀서 나왔을까?

신호등 건너편에 함준이가 서 있다. 눈이 마주칠까 봐 얼른 시선을 딴 곳으로 돌렸다. 파란불이 켜지자 나는 빠른 걸음으로 길을 건넜다. 준이는 오늘도 누군가에게 두들겨 맞았는지 입가가 찢어져 있다. 아마도 윤준환이겠지. 나쁜 새끼! 초등학교 때부터 그렇게 준이를 괴롭히더니 중학교가 달라서 다행이라고 생각했는데 하필 같은 고등학교로 떨어졌다. 나도 윤준환도 준이도 다 따로 떨어졌어야 했다. 준이는 집으로 들어오는 골목까지 조용히 내 뒤를 따라왔다. 혹시라도 누가 쳐다볼까 봐 조심하면서.

"재, 재희야."

준이가 날 부른다. 바보같이 내가 눈을 피하면 모른 척하지, 왜 나를 부르는 거야. 나는 못 들은 척 계속 걸으며 걸음을 더 빨리했다.

"재희야, 재희야."

준이의 걸음도 빨라졌다. 바로 내 뒤까지 쫓아와서 나를 부른다. 어릴 때부터 그랬다. 준이는 어딜 가든 나를 쫓아다녔다. 키도 작고 말라서 동갑이라도 꼭 동생 같았다. 초등학교 때까지는 괜찮았다. 그때까지는 나도 힘이 있었다. 키도 남들보다 컸고 공부도 제일 잘했다. 준이를 괴롭히는 애가 있으면 얼마든지 막아 줄 수 있었다. 엄마가 도망가서 언제나 지저분했던 준이다. 새벽에 나가서 밤이 돼서야 들어오는 아빠가 준이를 챙겨 줄 순 없었다. 일부러 일찍 일어나서 준이네 집에 가는 날도 많았다. 씻기 귀찮아 하는 준이보고 씻으라고 잔소리하고 손톱의 때도 항상 확인했다. 그것만으로도 아이들은 훨씬 덜 놀리니까. 나는 그때부터 그런 것들을 잘 알았다.

남들이 보기엔 내가 준이를 보살펴 주는 거 같았겠지만 사실은 내가 준이에게 많이 기댔었다. 누구보다 마음이 깊고 강한 아이였다. 준이도 나도 형제가 없었으니까 우리는 항상 함께였다. 함께 숙제도 하고, 함께 빈 병도 주워서 아이스크림 사 먹고, 함께 아빠와 할머니를 밤늦도록 기다렸다.

"재희야, 나 좀 봐."

결국 준이가 내 어깨를 잡았다. 나는 애써 표정을 감추고 고개를 돌렸다. 바보 같은 준이가 날 보고 있다. 바보 같은 준이는 예전에 그랬던 거처럼 작게 웃으면서.

"잠깐만 얘기 좀 해. 너 아르바이트 끝날 때까지 일부러 기다렸어. 그러니까 싫다고 하지 마."

"무슨 얘기? 빨리 해. 나 얼른 집에 가야 해."

준이가 머뭇거린다. 얼굴이 빨개져서 무척 곤란하다는 듯.

"너 어제 봤지?"

"뭘?"

"어제 학교에서 윤준환한테 맞는 거."

"그래서, 뭘!"

"다음부터는 그런 거 봐도 알은체하려고 하지 마.

걸렸다. 역시 준이는 나를 보고 웃었던 거다. 잠깐, 아주 잠깐, 누구도 눈치 못 챌 짧은 몇 초. 걱정하지 말라는 듯이, 다 괜찮다는 듯이, 다른 애들처럼 그렇게 구경거리로만 보고 얼른 교실로 들어가라는 듯이.

바보 같은 준이는 내 표정이 순간적으로 일그러지는 것을 다 본 거다. 내 주먹이 꽉 쥐어지고, 당장이라도 윤준환한테 달려들듯 했던 나를 읽은 거다. 바보 같은 준이는 내가 혹시라도 그럴까 봐…….

아, 더 이상은 못 참겠다. 더 이상은 이 더러운 짓거리도 못 하겠다. 준이가 말 걸기 전에 도망갔어야 했어. 눈물이, 콧물이, 아무리 참아도, 아무리 감추려 해도 마구 흘러내렸다.

"울지 마, 이러려고 부른 거 아니야. 우리 고등학교 들어오면서 서로 모른 척하기로 했잖아. 지금까지 잘해 놓고 왜 그래? 내년까지만 참으면 되는데. 앞으로라도 날 보면 절대 알은체하지 마. 내가 두들겨 맞건 애들이 내 욕을 하건 신경 쓰지 마. 넌 지금처럼만 해."

준이는 조용히 낮고 아름다운 목소리로 나를, 나를 꾸짖듯이 말했다.

중학교를 들어가고도 전처럼은 아니지만 우리는 친하게 지냈다. 나는 아르바이트 때문에 성적이 떨어졌지만 그래도 상위권을 유지했고 준이도 나보다 키가 훨씬 크게 되었다. 방학이 얼마 안 남은 날이었다. 준이와 나는 도서관에서 공부를 하고 집으로 오다가 할머니를 만났다. 무척 더운 날이었는데 할머니는 이사 가는 집을 만났는지 뜯어낸 장판이며 고물을 리어카 가득 실은 채였다. 그게 얼마나 무거운가는 끌어 본 사람만이 안다. 나와 준이가 할머니에게 달려가려는 순간 나는 같은 반 애들을 만났다. 그 애들은 할머니의 리어카가 더럽다는 듯이 혹시라도 닿을까 봐 일부러 거리를 재며 피해서 나에게로 다가와 손을 흔들었다. 나는 할머니를 알은체할 수가 없었다. 할머니도 눈치를 살피며 나를 모른 척했고 오직 준이만이 반 애들과 얘기하는 나를 두고 할머니에게 뛰어가 리어카를 끌고 갔다. 할머니는 느린 걸음으로 쓸쓸히 준이를 따라 걸었다. 그때 한 애가 진심으로 걱정스럽다는 듯 나를 쳐다봤다.

"재희야, 저런 애랑 놀지 마. 너도 물들어."

도대체 뭐가 물든다는 걸까? 아무리 생각해도 알 수 없는 말이었다. 그 일 때문에 준이와 나는 대판 싸웠다. 그 순하고 큰소리도 안 내는 준이가 나에게 버럭버럭 소리를 질러 댔다. 준이는 그런 애였다. 초등학교 때도 청소차에 탄 아빠를 보며 자랑스럽게 애들에게 인사시켰다가 왕따가 됐다. 아무리 왕따가 되고, 더럽다고 애들이 놀려 대도 준이는 신경 쓰지 않았다. 길에서 아빠의 청소차를 보면 인사했다. 준이는 나를 이해할 수는 있지만 용납할 수는 없다고 했다. 같은 고등학교가 된 걸 알았을 때 준이가 먼저 모른 척하자고 했다, 아마도 나를 배려한 거겠지. 속으로 다행이라고까지 생각했다. 나는 여전히 지겹지도 않게 비겁했다.

"이제 됐어."

준이가 놀란 눈으로 나를 쳐다봤다.

"뭐가 됐다는 거야?"

"이제 학교에서도 너 알은체할 거야."

"내가 이럴 줄 알았어. 그래서 이렇게 너 만나려고 한 거야. 나는 괜찮아. 신경 쓰지 말라고 했잖아."

"너 때문이 아니야. 더는 나를 속이지 못하겠어. 밖에서 할머니랑 너를 모른 척하는 건 나를 부수는 거랑 같아."

준이가 양팔을 꽉 쥐어 잡았다.

"지금 학교에서 내가 당하는 일이 어떤 건지 알아? 내가 어떻게 견디는지 아냐고? 아무 잘못 없이 그냥 존재 자체를 경멸당하는 기분이 얼마나 더러운지 너는 몰라. 나는 견딜 수 있어. 어릴 때부터 익숙하니까. 지금은 초등학교 때처럼 그렇게 쉽게 넘어가지도 못해. 애들도 머리가 컸고, 나랑 친하게 지내고, 네가 얌통 사는 게 걸리면 너도 사람 취급 못 받아. 뭐하러 그런 짓을 일부러 해."

"그런 게 익숙하다고 말하지 마! 익숙할 리 없잖아. 한 번 상처가 아문다고 그 위에 난 상처가 안 아플 리 없지. 아무리 그래도, 견디기 힘들어도, 넌 포기할 수 없는 거잖아. 왜 나한테는 그걸 그렇게 쉽게 포기하라고 해? 나도 이제 포기 안 해!"

나는 양팔을 뿌리치며 콧물을 닦아 냈다.

"할 수 있어. 보란 듯이 친하게 다닐 거야. 얌통에 사는 것도 다 말할 거야. 겉만 보고 맘대로 판단해 버리는 거지 같은 가짜들은 이제 지긋지긋해. 걔들하고 있으면 하루에도 몇 번씩 그 얼굴에 침을 뱉어 버리고 싶어. 겉으로는 친한 척, 같은 척, 아무리 그래도 걔들하고 나는 달라. 모든 게 달

라. 그리고 방금 알았는데, 난 걔들하고 비슷해지고 싶지도 않아. 그렇게 된다고 생각만 해도 싫어."

"진짜 괜찮아? 진짜 괜찮냐고!"

준이가 다짐을 받듯이 몇 번을 물었다.

"어! 진짜 괜찮아."

나도 다짐하듯 대답했다. 준이가 내 양팔을 위로 번쩍 들어 올리며 자랑스럽다는 듯 웃었다.

"재희, 다 컸네!"

이 말이 듣고 싶었다. 할머니의 리어카와 만났던 그 더운 여름날 오후부터 언제나 준이의 이 표정을 보고 싶었다. 누가 뭐라고 해도 나는 준이를 잘 안다. 준이는 누구의 물건을 훔치는 아이도 아니고 더럽지도 않다. 윤준환에게도 굴복하지 않기 때문에 계속 괴롭힘을 당하는 거다. 준이는 아무에게도 피해 주지 않는다. 이제 동네 입구에서 집으로 들어가는 골목까지 뛰지 않아도 된다. 누군가 쫓아올까 봐 걱정하지 않아도 된다. 우리는 아무에게도 피해 주지 않는다.

우리는 괜찮다.

푸쉭!

결정적인 파국이 오게 된 건 정부가 국회에 제출한 '하나뿐인 지구를 보호하는 유해 물질 관리를 위한 특별법'이라는 반인권적인 악법이 의회에서 통과되고부터였다. 명칭부터 대단히 논쟁적인 이 악법은 법안 통과를 위한 공청회 전부터 문제가 많았는데, 그중에서 가장 쟁점이 되는 조문은 제4조 1항의 '대기에 오염도 300spm³(stink per meter³) 이상을 배출하는 대한민국의 모든 것은 수거하여 파괴하거나 격리하여 관리한다'는 부분이었다. 신빙성 있는 소식은 아니지만 법안 찬성파와 반대파가 국회에서 3박 4일간 잠도 자지 않고 격론을 벌였다고 전해지는데, 반대파는 대규모 대기오염 물질을 배출하는 공장주들을 등에 업은 의원들이었다. 그들은 '대한민국의 모든 것'이라는 조문을 트집 잡아

법안을 격렬하게 반대하였다. '모든 것'이라는 표현에는 기계뿐만 아니라 동물, 곤충과 같은 생물도 포함됨으로써 인간의 오만을 나타내는 반자연적인 법안이며, 심지어 인간마저도 포함될 수 있는 반인권적인 법안이라는 것이 주된 이유였다. 그러나 사실 그들의 속셈은 자연을 보호하고 인간을 위한다기보다 당장 공장 운영에 심각한 타격을 입는 것을 방지하기 위한 것이었다. 결국 법안 찬성파의 다음과 같은 논리를 이겨 낼 순 없었다.

"이봐요. 반대파 의원 나리님들. 현재 생물학계에서 보고된 바로는 가장 극상의 오염 물질을 배출하는 것이 스컹크인데 그 냄새마저도 150spm^{3}에 불과해요. 하물며 인간이 어찌 오염도 300spm^{3}를 돌파할 수 있겠습니까? 결국 이 법안은 '굴뚝, 공장 등'으로 구체적인 오염원을 적시할 경우, '침니(chimney), 팩토리(factory)' 등으로 이름을 바꿔 법망을 빠져나가려는 악덕 사업주들을 옭아매려는 조항인 겁니다. 의원님들도 상상을 해 보세요. 오염도 300spm^3 이상의 생물이 대한민국에 존재할 것이며, 하물며 그것을 초과하는 인간이 과연 지구상에 존재할 거라고 생각하십니까? 의원님들도 그런 사람이 존재할 거라고 주장하면서 인권 운운하는 게 우습지 않습니까? 차라리 용가리의 생존권을 옹호

하고, 태권브이의 인권을 보호하자는 것이 어떻겠습니까?"

본회의에서 이 발언이 나오자 법안 반대편 측에서 '에헴, 에헴' 하는 헛기침 소리와 함께 별다른 이견이 더 이상 나오지 않았다고 한다. 하긴 그들이 아무리 풍부한 상상력을 가졌다 하더라도 스컹크의 두 배를 넘는 대기 오염도 300spm³ 이상의 인간을 상상하기는 어려울 테니까.

하지만 말이다. 그 빌어먹을 법안은 정말로 반인권적인 법안이었다. 정확하게 측정해 보진 않았지만, 나는 분명 오염도 300spm³ 이상의 존재일 것이기 때문이다. 엄마 친구 중에 전 세계로 오지 여행을 다니는 아줌마가 있다. 특이한 성격의 이 아줌마는 남들이 놀랄 만한 특수한 능력도 가지고 있었는데, 온갖 냄새의 종류와 양을 구분하는 데는 천하제일이었다. 가령 금연 중인 자기 남편이 담배 피운 걸 은폐하기 위해 향수를 뿌린 경우에도 그 담배를 몇 번 빨았는지, 향수는 몇 번이나 뿌려 댔는지, 또한 담배 냄새와 향수 냄새가 만나, 새로운 시가렛-무스크향이 조합되었는데, 그 향기가 이번에 신제품을 낸 유명한 향수의 넘버 일레븐과 비슷하다든지 하는 것을 코만 몇 번 킁킁대면 바로 알아맞히는 것이었다. 작년엔가 이 아줌마가 우리 집에 놀러 온

적이 있었다. 나는 집에 손님이 온 줄도 모르고, 문을 열고 들어서면서 한 방 쏘아 넣었다. 아줌마는 멧돼지의 울음 같은 '꿱' 소리와 함께 기절을 하고 말았다. 엄마는 혼비백산해서 찬물을 들이붓고, 팔을 주무르는 등 온갖 소란을 떨었다. 아줌마가 기절한 것은 남보다 예민한 코를 가지고 있어서 그런 것이라고 했다. 하여간 깨어난 후에 아줌마가 엄마에게 이야기한 내용은 너무 충격적이어서 외면하고 싶은 불편한 진실이었다.

"얘. 글쎄 말이지, 내가 아프리카 초원에서 스컹크의 방귀 냄새를 맡은 적이 있었는데, 네 딸내미 냄새가 정확하게 그것보다 3.141592배 정도 독하더라."

이 이야기를 전해 들은 순간 나는 좌절했고 엄마는 한숨을 내쉬었다. 아줌마의 특수한 능력으로 보아 내 방귀 냄새가 최소한 스컹크의 세 배 이상의 독성을 가지고 있다는 것은 틀림없는 사실일 것이기 때문이다.

고등학교 때 싸움은 잘했으나, 공부 실력은 그에 반비례했던 엄마 아빠는 두말할 것도 없이 복잡한 법리에 대해서도 알 리가 없었다. 결국 환경보호법안이 국회를 통과했다는 뉴스가 나오게 되자, 엄마 아빠는 나를 불러 놓고 단칸방에서 가족회의를 시작했는데, 여기서의 회의도 국회에서와 같이 격렬하게 진행되었다. 먼저 엄마는 이대로 가만히 있으면, 어딘가에서 방귀에 대한 소문을 들은 국가 기관이 나를 데려다 격리 수용할지 모르니 그전에 나를 피신시켜야 한다고 주장했고, 아빠는 설마 사람을 잡아가겠느냐, 말만 한 여자애 엉덩이에 대고 오염측정기를 가동시키겠느냐 하면서 엄마에 반대하여 팽팽한 토론이 진행되었다. 논쟁은 국회에서의 3박 4일간의 논쟁과는 달리 시작된 지 한 시간 만에 종결되었다. 종결의 계기는 단순했다. 나의 운명을 가르는 중요한 순간에도 참지 못하고 새어 나온 방귀 한 방 때문이었다. 그 냄새를 맡는 순간 논쟁은 중단되고, 모두의 머릿속에는 한 가지 생각만이 존재했다.

'이대로는 위험하다.'

도피가 결정된 순간, 다음 고민은 가야 할 곳을 정하는 것이었다. 엄마 아빠는 내가 머물러야 할 곳을 찾으러 백방을 헤매고 다녔지만, 엄마 아빠 처지에 대한민국의 법이 미치지 않는 해외에 일가붙이 하나 있을 리가 없었고, 그렇다고 행정력이 느슨한 시골에 나를 숨겨 줄 친척이 있는 것도 아니었다. 환경법안이 시행될 날짜가 점점 다가옴에 따라 가족의 스트레스는 더욱 심해졌고, 내 방귀 냄새는 더욱 짙어졌다. 그리고 우리의 가슴속에는 절망감이 팽배해져 갔다. 감추고 싶은 소문이었지만 사실 이웃 사람들에게도 내 방귀 냄새는 어느 정도 정평이 나 있었다. 사방이 탁 트인 골목길에서 우연히 새어 나온 실방귀에도 코를 막던 이웃 사람들의 얼굴에는 환경법안이 시행되면 당장 가까운 경찰서나 군부대에 신고를 하고야 말겠다는 결의에 찬 표정이 드러나 있었다. 그런 불안감 속에서 시간은 흐르고 나는 어느샌가 운명을 받아들일 준비를 하고 있었다. 어디 한번 격리시켜 보라지. 사람은 적응의 생물이라 어느 곳에서도 살아갈 수 있다고 들었어. 마음을 굳게 먹으니 왠지 무슨 일이 벌어지더라도 견딜 수 있을 것 같았다. 그리고 그때 엄마가 호들갑스러운 목소리로 나를 부르며 문을 열고 들어왔다.

"얘, 얘, 너 엄마 친구 알지? 그 냄새 잘 맡는 아줌마."

"어. 그때 기절한 아줌마? 잘 알지. 그런데 왜?"

"그 애가 온갖 신기한 데를 다 가 봐서 아는데, 딱 너를 필요로 하는 회사가 있다는 거야. 거기로 오면 글쎄 데리고 있을 뿐 아니라 돈도 준다고 하던데."

엄마의 말에 아빠와 나는 환호성을 지르며 엄마에게 다그쳤다.

"진짜야? 그래서 그게 어딘데. 회사 이름은 뭐야?"

"가만있자. 뭐라고 했더라. 아 맞다. 사단법인 스컹크연합회라고 하던데."

엄마의 말에 아빠와 나는 놀라 서로 바라보며 물었다.

"스컹크연합회? 뭐하는 곳이지?"

하지만 그런 의문은 엄마의 한마디로 간단히 묻혔다.

"그게 뭘 하는 곳이든 간에 어차피 네가 갈 곳은 거기밖에 없으니 닥치고 준비나 해. 스컹크연합회니까 스컹크에 관련된 일을 하는 곳이겠지. 이름만 봐도 딱 너를 원하는 회사인 것은 틀림없어."

"그렇구나. 세상에는 나 같은 걸 필요로 하는 그런 회사도 있었네."

그러자 엄마가 갑자기 자신만만한 표정으로 말했다.

"그런 회사가 있으니까, 내가 너 같은 딸을 낳았지. 내가 설마 아무 생각 없이 그랬겠니."

내 생각엔 분명히 아무 생각 없이 낳은 것 같았지만, 괜히 기분 좋은 엄마를 자극할 필요는 없을 것 같아 무시하고 말을 이었다.

"알았어. 그런데 그 스컹크연합회라는 곳은 어떻게 가야하는 거야? 엄마가 데려다 주는 거야?"

"그게 그쪽에서도 법을 어기면서 너를 고용하는 거라, 사무실 위치나, 직원이 누구인지 드러나지 않았으면 한다고 그러더라. 하여튼 너는 시키는 대로 하면 된대. 내일 이 근처에서 제일 인적이 드문 곳으로 시간을 잡았는데 네가 혼자 서 있으면 그쪽 직원이 알아서 말을 걸 거래.

"뭐야. 그런 곳은 무서워. 혹시 이상한 데 아냐?"

"너 엄마 친구 못 믿어? 내가 자랑은 아니지만 걔랑은 팬티도 나눠 입는 사이야. 그러니까 걱정 말고 어서 준비나 해. 내일 당장 가야 하니까."

조금 꺼림칙했지만 그렇다고 지금 당장 달리 도망갈 곳도 없었다. 게다가 잠시 전까지만 해도 어디를 가더라도 적응하리라고 마음먹지 않았던가. 그뿐인가! 돈도 준다잖아! 내가 쓸모 있는 인간이라니. 그래, 그곳에서 고생하더라도 열심히 일해서 돈이나 모아야지. 가 봐서 견딜 수 없이 이상한 곳이면 방귀 한 방 진하게 쏘고 냅다 달리면 되지, 뭐.

다음 날 아침 짐을 싼 나와 가족은 약간의 신파극을 펼치며 이별의 시간을 보냈다. 엄마 아빠는 눈물 콧물이 범벅이 된 얼굴로 나에게 맹세를 하고 있었다. 일단 나를 피신시킨 후, 엄마와 아빠는 흰색 머리띠를 동여매고 국회의사당 앞에서 시위를 벌여 반드시 환경법안을 폐기시켜 나를 돌아오게 하겠다는 맹세였다. 별로 믿기진 않았지만 엄마 아빠의 마음 씀씀이가 고마워 나도 열심히 일하고 건강하겠다는 약속을 했다. 가벼운 포옹을 나눈 후, 나는 엄마가 알려 준 장소로 향했다. 마지막으로 뒤를 돌아다본 순간. 엄마 아빠의 표정이 보였는데, 슬퍼하는 것치고는 묘하게 밝은 기색이었다. 무언가에서 해방된 것 같기도 했다. 더 파고들면 왠지 비참할 것 같아 생각을 그만두고 갈 길을 재촉했다.

약속 장소는 외곽에 있는 공원이었는데 정말로 한산해서 십여 분이 지나도 지나가는 사람 하나 없었다. 차가운 바람이 온몸을 휘감아 돌았다. 나를 데리고 갈 누군가를 기다리는 동안 '누가 데리러 올까? 어떤 사람들이 그곳에서 근무를 하고 있을까? 나는 그곳에서 무슨 일을 하게 되는 거지?' 등등 여러 생각이 들었다. 새로운 곳에서 낯선 사람들과 미지의 일을 한다는 것은 설렘도 주지만, 불안한 마음도 딱 그만큼 주는 것 같다. 기대 반 걱정 반으로 고민하고 있는 동안 뒤에서 나를 부르는 낡고 굵은 목소리가 들렸다. 중저음의 소리는 주변에 묵직하게 울려 퍼지며 긴장된 마음을 차분하게 가라앉히는 효과가 있었다.

"여기서 만나기로 하신 분이 맞으시죠?"

"네. 제가 맞는데요."

반사적으로 물음에 대답하며 뒤를 돌아보는 순간, 머릿속이 떵하며 마치 북극에 온 것처럼 썰렁해져 혀가 얼어붙었다. 평소에 스컹크와 대화하는 상황을 학교에서 배우거나, 따로 연습해 보는 사람은 없을 것이기 때문이다. 사람은 작은 상황의 변화에는 민감하게 대응하지만, 너무나 큰 변화에는 어찌할 바를 모르게 된다. 개가 짖을 때는 도망가거나 대항할 수 있지만, 호랑이를 만나면 맥이 풀려 움직이지 못하는 것과 같은 이치겠지. 내가 지금 딱 그 상황이다. 그때 사람의 마음을 차분하게 하는 목소리가 다시 들려왔다.

"역시 당황하실 줄 알았습니다. 사실 저희가 하는 일이 꼭 합법적이라고만은 할 수 없는 일이라, 대부분은 학생 같은 반응을 보이긴 합니다. 저는 사단법인 스컹크연합회 인사부장입니다. 리크루트 담당이죠. 학생의 소문은 이미 저희 회사에도 유명합니다."

'아니, 지금 합법인지 불법인지 그게 중요한 문제가 아니잖아!' 하는 생각이 들었다. 하지만 인사부장은 그것이 진짜 중요한 문제인 것처럼 말했다. 그리고 그 태도는 너무나 자연스러워 왠지 이상하게 생각하는 내가 이상한 것이 아

닐까라는 생각이 들기도 했다. 게다가 인사부장이라고 소개
한 스컹크는 사람을 안심시키는 차분한 목소리를 가지고 있
었다. 그가 걸치고 있는 옷이며 목걸이, 그리고 소매 끝 사
이로 삐져나온 손목, 아니 발목인가, 하여간 그곳에 채워진
시계는 무척이나 고급스러워 보였다. 하지만 무엇보다 나를
감탄시킨 건 눈앞의 스컹크는 여태껏 나에게 말을 걸어온
누구보다도 예의 바르게 다가온 존재라는 점이었다. 그래도
아직 혼란스러운 건 어쩔 수 없었다. 별다른 대답을 하지 못
한 채 우물거리고 있자 인사부장이라고 소개한 스컹크는 계
속해서 말을 건네 왔다.

"학생의 사정은 저희도 알고 있습니다. 지금 갈 곳이 없으
셔서 이곳에 온 것이죠?"

처음의 충격에서 어느 정도 안정을 찾은 내가 말없이 고
개를 끄덕이자 스컹크가 안심했다는 듯이 이야기를 했다.

"사실 학생과 계약을 맺는 것은 저희에게도 큰 모험입니
다. 뭐니 뭐니 해도, 저희 사단법인 스컹크연합회가 인간과
접촉하고 계약하는 것은 합법적인 일이 아니기 때문이죠.
그러기에 학생을 고용하기로 한 이사회 회의에서 저는 격
렬하게 반대를 했습니다만, 다른 분들이 찬성을 해서 어쩔
수 없이 모시러 오게 됐습니다. 솔직히 저는 지금이라도 학

생이 계약을 거절했으면 하는 마음입니다. 그러면 저는 그냥 돌아가도 되거든요. 그런데 계약을 거절하면 갈 곳이 있으신지요?"

'잠깐. 이게 뭐야? 계약하기 싫다면 가도 된다고 하더니, 내가 갈 곳이 없는 걸 알면서도 갈 곳이 있냐고 묻는단 말이지. 인사부장이라더니 밀고 당기기 협상을 잘하네. 그런데 스컹크 주제에 저렇게 노련해도 괜찮은 거야?'

나는 눈을 들어 인사부장이라는 스컹크를 빤히 쳐다보았다. 검은색 바탕에 흰색 줄무늬가 가로지르고 있는 얼굴은 왠지 귀여워 보이기도 했다. 하긴 스컹크야 원래 족제빗과 생물이니 냄새만 빼면 강아지만큼이나 깜찍한 동물이긴 하다. 그러고 보니 나도 방귀 빼고는 어디 가서 꿀리는 얼굴은 아니지. 그런 생각이 드는 순간 나는 인사부장을 따라가기로 마음먹었다. 동물과 계약하는 것이 이상하기도 했지만, 냄새가 난다고 사람이 사람을 격리시키는 세상도 이상한 건 마찬가지다. 게다가 이 스컹크들의 집단은 나를 원하고 있는 것이 분명했고, 결정적으로 돈도 많아 보였다. 그렇다고 덜컥 계약하는 것도 모양새가 좋지 않았지? 나는 한번 튕겨보기로 했다.

"그런데 무슨 일을 하는 거죠?"

"그것은 계약이 성립된 후에, 저희 사무실에서 회장님이 말씀하실 겁니다. 왜냐면 그것은 저희의 생존과 관계된 영업 비밀이라 새어 나가면 안 되기 때문이죠. 하지만 학생 능력이 소문대로라면 충분히 할 수 있는 일이라는 것만은 말씀드릴 수 있습니다."

인사부장의 분위기로 보아, 분명히 이 스컹크들은 나를 절대적으로 필요로 하는 것이 틀림없었다. 불법인 줄 알면서도 계약을 맺어야 하는 것으로 봐선, 나 못지않게 스컹크들도 다급한 건 마찬가진 게 분명하다. 이런 상황이라면 나도 챙길 건 챙겨야겠지. 나는 일부러 여유 넘치는 표정을 짓고 느긋한 목소리로 말했다.

"보수는 충분한 거겠죠? 그렇지 않다면 차라리 격리되는 쪽을 선택할지도 몰라요."

그러자 인사부장은 화들짝 놀라며 그때까지의 차분한 목소리 대신, 다급한 목소리로 말했다.

"당연합니다, 업계 최고 대우 보장을 약속드리지요."

그러면 그렇지. 인사부장이라는 스컹크도 회의에서 나와 계약하는 데 찬성표를 던진 것이 틀림없어 보였다. 나는 만족스러운 웃음을 띠며 인사부장에게 악수를 위한 손을 내밀었다. 노련해 보였지만 이런 상황에 익숙하지 않은 듯 인사부장은 부끄러운 양 몸을 꼬아 대며 손인지 앞발인지를 내밀었는데, 그것을 잡은 순간, 고양이 발바닥과 비슷한 몰캉거리는 육구가 떨리고 있는 것이 느껴졌다. 내가 장난스럽게 육구를 꾹꾹 누르자 무안해 하는 듯한 인사부장의 모습은 왠지 인간보다 더 인간적으로 보였다.

사단법인 스컹크연합회의 사무실이라고나 할까, 아니면 서식지라고나 할까, 하여간 인사부장이 나를 데리고 간 곳은, 도심에서 떨어진 숲 속의 낡은 단층집이었다. 누가 이 집을 지었을까라는 궁금증이 들었지만, 말하는 스컹크를 따라 계약을 맺고, 여기까지 따라온 이상, 스컹크가 살고 있는 건물 따위를 누가 지었는지는 아무래도 상관이 없다는 생각이 들었다. 오히려 걱정스러운 것은 밀폐된 사무실에서 여러 마리의 스컹크들이 뿜어낸 냄새를 견딜 수 있을까 하는 것이었다. 어라! 그러고 보니 냄새로 유명한 스컹크임에도 불구하고 인사부장에게는 그 독하다는 방귀 냄새가 전혀 나질 않았다. 궁금한 마음에 인사부장에게 물었다.

"저. 실례가 될 수 있는 질문일지도 모르겠는데요. 제가 알고 있던 것과 다르게, 뭐랄까, 음, 독한 냄새라고 해야 되나요? 부장님한테는 그게 안 느껴지는데요?"

인사부장은 그 질문에 가만히 나를 쳐다보더니, 한숨을 내쉬며 말했다.

"곧 알게 될 겁니다."

인사부장이 사무실의 문을 열자, 예상했던 대로, 눅눅하면서도 매캐한 방귀 냄새가 바로 코를 자극했다. 하지만 그 정도라면 일반인의 냄새보다 좀 센 정도에 불과했고, 평소의 내 방귀 냄새에 비하면 너무나 미약했다. 오히려 정겨운 기분까지 들었다. 책상들이 배열된 사무실 내부는 여러 마리의 스컹크들이 있었는데, 무언가 열심히 서류를 작성하는 스컹크도 있었고, 꾸벅꾸벅 졸고 있는 스컹크들도 있었다. 드라마에서 보던 여느 회사와 다르지 않은 풍경이었다. 그러다 인사부장과 내가 들어오자 급하게 자리에서 일어나 고개를 숙이며 나를 맞았다.

"안녕하세요. 사단법인 스컹크연합회에 오신 것을 환영합니다."

"아. 네 반갑습니다. 오늘부터 여기서 일하기로 계약한 사람입니다. 잘 부탁드립니다."

태어나서 처음으로 받아 보는 정중한 환대에 감동한 나도 90도로 고개를 숙이며 그들에게 답례를 했다. 예상했던 대로 이 사무실의 구성원들은 나를 꼭 필요로 하는 것이 분명

해 보였다. 인사부장은 잠시 이들과 인사를 나누며 기다리라고 한 후 회장에게 보고한다며 어디론가 가 버렸다. 그 틈을 타 나는 사무실의 구성원들과 인사를 나누었는데, 그중에 머리를 가르는 하얀색 털에 포인트를 주어 하늘 쪽으로 높이 세운 스컹크는 자신을 자재부장이라고 소개했으며, 꾸벅꾸벅 졸고 있던 앞발이 유난히 큰 스컹크는 영업부장이라고 했다. 그 밖의 다른 사무실 구성원들과 이야기하면서 느낀 것은 그들에게도 인사부장처럼 스컹크의 정체성이자 가장 큰 특징인 냄새가 나지 않는다는 점이었다. 나를 적이라고 생각하지 않아서일까? 그런 생각을 하고 있는 동안 어느새 인사부장이 다가와 회장이 나를 보기를 원한다고 말해주었다. 회장의 방은 입구에서부터 책상들이 배열되어 있는 사무실을 지나 오른쪽으로 꺾어진 공간에 위치해 있었다. 인사부장은 그곳까지 나를 안내한 후, 노크를 하였다.

"들어오세요."

중후하면서도 나직한 목소리는 어떤 위엄마저 느껴졌다. 인사부장은 나에게 고개를 저어 들어가 보라는 신호를 한 후, 다른 부장들이 모여 있는 곳으로 돌아갔다. 조심스럽게 문을 열고 들어서자 드디어 나는 기대했던 것을 얻을 수 있었다. 내 컨디션이 최고조에 다다를 때 정도, 예를 들자면 며칠간 변비에 걸려 변은 나오질 않고, 가스만 피식 나올 때나 가능했던 구리구리하면서도 매운 냄새가 회장의 방을 가득 채우고 있었다. 틀림없이 일반인이라면 그 즉시 기절을 할 정도였겠지만, 면역이 되어 버린 나에게는 견딜 만한 정도였다. 냄새에 적응이 되지 방 안의 상황이 눈에 들어왔다. 보기만 해도 편안해 보이는 푹신한 의자에는 인사부장이나 조금 전에 만났던 부장들보다 덩치가 작은 스컹크가 앉아 있었다. 하지만 그것은 아직 덜 성장했다기보다, 나이가 들어 쪼그라든 것이라 보는 게 타당해 보였다. 대체로 편안한 의자가 어울리는 쪽은 어린 경우보다는 나이 많은 경우이기 때문인 것과 같다.

"듣던 것보다 내성이 대단하시네요. 어서 오세요. 제가 여기 스컹크연합회의 회장입니다. 인사부장에게 계약 조건에 대해 들으셨나요?"

"네, 그렇긴 한데 자세한 내용은 잘 몰라요. 아직 무슨 일을 하는지도 모르고 있으니까요."

"그렇군요. 먼저 몇 가지만 물어봐도 될까요?"

"그럼요. 뭐든지 물어보세요."

"그럼 단도직입적으로 묻겠습니다. 강한 방귀를 내뿜기 위해서 필요한 것이 무엇이라고 생각하시나요?"

'아무리 단도직입이라 해도 그렇지. 이건 너무 직접적인 거 아닌가. 게다가 아무리 생태계 간, 종이 다르다 하더라도, 성별은 고려해 줘야 하는 거 아냐?'

하지만 그런 것을 따지기에는 회장의 표정이 너무나 진지해 보였다. 파르르 떨리는 수염의 움직임엔 어떤 비장함마저 감돌고 있어, 나 또한 진지해질 수밖에 없었다.

"모든 일에는 인과관계라는 게 있다고 했어요. 그런 면에서 제 생각에는 독한 방귀는 단지 결과에 불과할 뿐이고, 방귀의 원인이 되는 음식으로 무엇을 먹느냐가 가장 중요하다고 생각해요. 그러니까 과일이나 야채도 좋지만, 일단은 단백질이 풍부한 것을 즐겨 먹어야 하지요. 달걀과 같은 조류의 알이나, 고기 같은 것들을 말이죠. 그리고 탄수화물 종류들은 대체로 다 강력하지만 그래도 최고를 꼽는다면 감자와 고구마의 효과가 절대적이라는 생각이 들어요."

"과연. 틀림없군요. 거기에 한 가지만 더 보태자면 물보다 우유를 곁들일 때 더 강력해지죠."

대답을 듣던 회장은 내 대답이 만족스러웠는지 연신 고개를 끄덕거렸다. 스컹크의 표정을 연구해 본 적은 없지만 아무래도 웃는 느낌을 주는 듯한 표정이었다. 하지만 회장의 표정이 원래 표정으로 돌아오는 데에는 그리 오랜 시간이 걸리지 않았다.

"한 가지만 더 묻겠습니다. 물론 아가씨가 말한 대로 먹는 것이 방귀에 있어 가장 중요한 것이 맞습니다. 그런데 그게 전부라고 생각하십니까?"

남에게서 방귀에 대해 칭찬을 듣는 것은 처음이었다. 비록 사람이 아닐지라도 상당히 높은 지위에 있는 자가 이렇듯 정중하게 묻다니. 왠지 뿌듯해지는 느낌이었다. 특히 어떤 면에서 회장의 진지한 태도와 어조는 고답적인 학술 토론 같은 느낌도 선사하고 있었다. 어느샌가 수치라는 감정이 사라진 나는 좀 더 정연한 어조로 회장의 질문에 답하기 시작했다.

"흔히 방귀의 초보자가 많이 하는 착각은 소리가 큰 방귀가 냄새도 독하다고 생각하는 것이죠. 하지만 빈 수레가 요란하듯이 그런 것은 사실 별 위력이 없어요. 결론부터 먼저 말씀드리자면 방귀의 냄새와 소리는 반비례하는 관계죠. 그러므로 소리가 나지 않는 샛방귀 같은 것들이 사실 냄새에 있어서는 더 위력적이죠."

"그럼 소리가 나지 않는 방귀는 어떻게 유도할 수 있습니까?"

"기본은 일단 참는 것이에요. 대체로 초기의 방귀는 그 기운이 올 때 바로 쏴 버리면 소리가 크게 나지만 냄새도 없어요. 하지만 그것을 참고 장에서 묵히면, 냄새가 강해지기 시작하는 거지요. 미인의 방귀가 더 독하다는 속설도 거기서 나온 거죠. 왜냐면 남자는 대체로 방귀에 대한 저항감이 여자보다 약해서, 오래 참지 않고 바로 쏴 버리는 경우가 많죠. 그러기에 냄새가 약한 경우가 많아요. 하지만 여자들은 방귀에 대한 저항감이 강하고 남과 있을 경우에는 최대한 참는 경우가 많죠. 그러다 보니 힘을 써서 나오는 경우보다 참다못해 밖으로 나오게 되는 방귀가 많죠. 자연스럽게 냄새가 강해지는 거예요. 그걸 소리로 표현하자면 보통 '스륵' 하고 나오거나 아주 살짝 '뽀로롱' 하고 나오는 방귀겠지요."

"정말 대단하군요. 학생의 견해는 제 생각과 거의 일치합니다. 그렇다면 학생에게 있어 궁극적인 방귀는 소리가 전혀 나지 않는 방귀라는 겁니까?"

"그것만은 아니죠. 소리가 난다는 것은 항문에 힘을 준다는 것이기 때문에 충분히 냄새가 숙성되지 않은 채로 나오게 되는 것이 맞아요. 그러기에 이론상으로는 힘을 전혀 주지 않아 소리가 전혀 나지 않는 방귀, 즉 자연스럽게 장에서 밀려 나오는 방귀가 가장 오래 묵은 것이기 때문에 강하겠죠. 하지만 우리가 여기서 간과해서 안 될 점은, 아무리 독

한 방귀라도 방귀의 궁극적 근원이라 할 수 있는 변 냄새에
는 비할 바 없다는 것이겠죠."

"그게 무슨 소리죠?"

"즉 방귀를 묵히더라도, 속이 텅 빈 대장에서 묵히는 것
과 변이 차 있는 대장에서 묵히는 것은 차원이 다르다는 거
예요. 그러니까 가장 궁극적인 방귀는 어느 정도 변이 차 있
는 장에서 방귀를 묵히다가, 그것을 참을 수 없을 때쯤 배
출해야 하는데 장의 출구는 이미 변으로 막혀 있어 가스가
나가지 못하는 상황이 필요하죠. 그렇게 장 속에서 맴돌다
가 결국 그 미세한 사이를 뚫고 나오는 가스, 즉 소리로 치
자면 '푸쉭'이라는 소리가 나는 방귀가 그 정점에 위치해 있
다고 볼 수 있겠죠. 그리고 그것을 유도하기 위해서는 굉장
한 기술이 필요해요. 변과 같이 나오면 안 되고 방귀만 나
와야 하니까."

내 말이 끝나자마자 회장은 자리에서 일어나서 외쳤다.

"우리의 결정이 틀리지 않았군요. 학생이야말로 방귀에
대하여 이론과 실무 양쪽 모두에서 경지에 오른 사람이 틀
림없습니다. 부디 우리를 도와주길 바랍니다."

나는 회장의 말이 이해가 되지 않았다. 아무리 내가 방귀
에 대해서 일가견이 있다 하더라도, 방귀의 원조는 사실 스

컹크가 아닌가? 그런데 나에게 부탁하다니. 의문이 생긴 나는 회장에게 물었다.

"혹시 당신들에게 무슨 문제가 생긴 건가요?"

"이렇게 된 이상 솔직히 말씀드리죠. 저희는 지금 심각한 위기에 직면해 있습니다. 조금 전에 인사부장과 동행할 때 느끼셨는지 모르겠지만, 지금 우리 종족의 방귀 냄새가 점차 약해지고 있어요. 종족 고유의 강도를 가지는 냄새를 풍기는 것은 나와 같은 늙은이들뿐이고, 부장급들은 간신히 적을 쫓을 정도에 불과합니다. 나이가 어린 것들은 그 냄새가 스컹크라고 하기엔 창피할 정도이죠. 그 원인이 무엇인지는 모르겠지만 환경의 영향이 아닌가 싶기도 합니다. 하지만 원인이야 무엇이든 간에 중요한 점은, 우리에게 있어 냄새의 강도는 종의 생존과 직결되는 문제라는 것이죠. 우리는 냄새 때문에 거의 천적이 없습니다. 하지만 이대로 가다가는 점차 우리를 노리는 종이 많아지겠죠."

"그렇다면 제가 할 일이란 것이……."

"바로 그렇습니다. 우리 종족의 어린것들에게 당신이 가진 지식과 기술을 전파해 달라는 것이죠."

"그건 회장님이 하셔도 되지 않나요?"

"나는 이미 늙어서 힘도 없고, 사실 우리는 강한 방귀 냄새를 타고났기 때문에 어떻게 방귀 냄새를 강화하는지에 대해서는 알지 못해요. 태초부터 하늘을 날 줄 알던 새는, 날지 못하는 동물을 날게 하는 방법을 모르죠. 하지만 애초에 날지 못하던 사람이 하늘을 날게 된 경우 그 사람은 후대를 가르칠 수 있습니다. 왜냐면 자기가 걸어온 길을 가르쳐 주면 되기 때문이죠. 즉 교육이란 원래 알지 못하던 자가 깨우친 것을 가르치는 것이기 때문입니다."

세상에나. 아무래도 세상이 어떻게 되려나 보다. 스컹크에게 방귀를 가르치는 인간이라니, 환경이 진짜 문제인 건가? 아니 세상은 이미 그전에 어떻게 되었는지도 모른다. 스컹크가 말을 하고 있기도 하니까. 어쨌든 일이 이렇게 된 이상 어떻게든 결정을 해야 했다. 그리고 회장의 제의를 거절할 이유가 없었다. 보수도 충분하겠지만, 그게 문제가 아니다. 자라면서 이때까지 겪었던 서러움과 상처가 씻겨 내려가는 기분이었다. 친구는 물론 가족들마저 외면할 수밖에 없었던 나다. 그런 내가 누군가에겐 꼭 필요하다는 데, 고마운 마음까지 들었다. 그래! 냄새 없는 자들의 세상은 그들이 지키도록 내버려 두고, 내가 할 일은 냄새 나는 세상에서 스컹크들을 지키면 그만인 것이겠지. 이들과는 벌써 마음을 터논 친구가 된 느낌이었다. 스컹크와 계약하는 것 자체가 불법이라지만, 그 정도는 넘어가야지. 마음속으로 결정을 내린 나는 회장의 얼굴을 빤히 바라보았다. 회장의 오른쪽 눈은 결막염에라도 걸린 것인지, 노란 눈곱이 눈 가장자리에 끼어 있었다.

"좋아요. 회장님께서 그렇게까지 말씀하시는데 거절하는 것도 예의가 아니겠죠. 다만 트레이닝 코스와 학생들의 식단은 제 결정에 따라 주셔야 합니다. 그렇게 해 주실 수 있겠죠?"

"물론입니다. 최대한 협조를 하도록 부장들에게도 전달하도록 하지요. 이렇게 우리와 사무적으로 계약을 했지만 이제 한솥밥을 먹게 된 이상 서로 친하게 지냈으면 좋겠습니다. 앞으로 맡게 될 스컹크들은 학생과 같은 또래일 겁니다. 그러니 친구를 돕는다는 마음으로 편하게 지내면 될 겁니다. 그럼 앞으로의 일정에 대해서 이야기해 보도록 하죠."

"그건 차차 생각하기로 하고요. 지금은 제가 도와줄 학생들을 보고 싶은데 괜찮을까요?"

"좋은 마음가짐입니다. 그렇다면 아이들이 도토리 채집 수업을 받고 있는 곳으로 같이 가 보도록 하죠."

회장실을 나오는 순간, 문 근처에서 무언가 부딪히는 소리가 들려왔다. 아무래도 인사부장을 비롯한 다른 부장들이

문밖에서 엿듣고 있던 것 같았다. 남의 대화를 엿듣는 건 예의가 아니지만 종족의 미래가 걸린 일이니 마냥 탓할 수만은 없었다. 근엄한 목소리를 가진 인사부장이 후다닥 다급하게 사라지는 모습을 상상하니 저절로 웃음이 지어졌다. 사무실로 가자 부장들은 책상을 닦는다든지, 신문을 보고 있다든지 하는 식으로 딴청을 피우고 있었다. 회장과 나는 사무실을 나선 후, 들꽃이 핀 오솔길을 따라 어린 스컹크들이 교육을 받는 공터에 도착했다.

회장이 교사에게 양해를 구했는지, 교육을 받던 스컹크들이 모두 모여 광장에 4열종대로 정렬해 있었다. 쫑긋한 귀를 세우고, 꼬리를 땅에 내린 녀석들은 분명 나와 같은 마음일 것이다. 미지의 존재와 조우하는 과정의 두근거림은 언제 어디에서나 동일하니까. 걱정스러운 마음, 무언가를 기대하는 듯한 마음이 섞인 그들의 눈동자를 마주하는 순간, 내 마음속에서도 알 수 없는 의욕이 샘솟기 시작했다. 그리고 우리는 좋은 친구가 될 수 있을 거라는 확신이 들었다. 흰색과 검정색이 기하학적으로 교차하는 저 매혹적인 꼬리털이 들리는 순간은 얼마나 아름답고 환상적일까. 그리고 그 엉덩이들에서 일제히 가스가 발사되는 순간이란……

우리, 봄

이럴 줄 알았다. 사장님은 아침도 먹지 않고 기원에 갔나 보다. 이번 달엔 한 번도 빠지지 않았다. 그렇게 바둑이 좋으면 기원을 차리지 왜 중국집을 연 거야! 이놈의 단무지는 전부 어쩌라고. 내가 또 지문이 닳게 랩으로 싸야 하나. 몇 달만 더 하면 단무지 싸기 달인이 돼서 텔레비전에 나가도 될 것 같다. 요즘은 달만 쳐다봐도 단무지로 보인다. 포장한 단무지가 사방에 20층 정도 쌓일 무렵 가게 문이 열렸다.

"우리 승재가 또 혼자서 이걸 다 했네."

사장님은 미안한 듯 헛기침을 몇 번 하더니 내가 쌓은 단무지들 틈으로 딸기우유 하나를 밀어 넣었다.

"그 기원은 사장님한테 개근상 안 줘요? 나 같으면 곱빼기 특대로 커다랗게 하나 찍어 주겠네요."

나는 툴툴거리며 남은 단무지를 마저 랩으로 씌웠다.

"이놈아, 무슨 바둑이 탕수육이냐! 곱빼기에 특대까지 있게. 네가 바둑을 어떻게 알겠냐. 그 검은 돌과 흰 돌 사이에 흐르는 인생의 희로애락을……

또, 또, 또, 사장님이 눈을 지그시 감고 개똥철학에 시동을 걸려고 한다. 시동이 걸려서 출발하기 전에 얼른 저 입을 막아야 한다. 안 그랬다간 앞으로 두 시간은 배꼽에 손 붙이고 꼼짝없이 잡혀 있어야 할 판이다.

"그냥 줄 쫙쫙 그은 판에, 동글동글한 돌덩어리 놓는 놀이에 무슨 인생씩이나 갖다 대요. 완전 오버거든요."

다 싼 단무지들을 한쪽으로 밀어 놓은 다음 돌아서니 아무래도 사장님은 멈출 생각이 없는지 허리를 세우고는 손가락까지 들어 올렸다.

"그건 네가 아직 어려서 그려, 세상 모든 이치가 축소돼 있는 게 이 바둑이란 거다. 흰 돌은 양으로 낮을 의미하고, 검은 돌은 음으로 밤을 의미하지. 상수가 첫수를 양보하니 이 얼마나 화기애애하냐. 인간사 있는 놈이 베푸는 게 인지상정인 거지. 거기에 바닥에 줄이 361개! 이 중 우주의 중심인 천원을 빼고 난 360은 일 년을 뜻하지. 낮과 밤이 음양오행에 맞게 조화를 이루며 한 폭의 그림을 그리는 게 이 바둑이라는 거다."

이 시동을 끄려면 아무래도 좀 더 강한 수가 필요할 것 같다.

"으윽, 그만 좀 해요. 한 번만 더 들으면 귀에 굳은살 박일 것 같단 말이에요. 사장님 그거 책 보고 외운 거죠? 그 말 할 때마다 얼마나 어색한지 알아요? 꼭 국어책 읽는 것 같아요. 그리고 천원은 또 뭐예요. 뭐 백 원짜리 열 개라 천원인가?"

사장님은 어쩔 수 없다는 얼굴로 한숨을 푹 쉬었다.

"에그, 내가 너한테 뭔 말을 더 하겠냐. 내 입만 아프지. 아무리 좋은 비단도 똥이 묻으면 냄새가 나는 법. 내가 너랑 말을 안 섞는 게 내 수준을 유지하는 지름길인 거 같다."

내가 자기 얘기 안 들어 주니까 일부러 약 올리려고 하는 말이다. 뻔히 아는데도 똥이라는 말에 화가 발끈 났다.

"그럼 사장님 말은 내가 똥이란 거예요!"

사장님이 너구리 같은 얼굴로 만족스럽게 씩 웃으며 나를 쳐다봤다.

"아니, 비유가 그렇다는 거지 누가 너보고 똥이랬어? 이놈 아 그러니까 책 좀 봐라. 사람은 배워야 면장이라도 하는 거다. 검정고시라도 준비하라고 내가 누누이 말하지 않았냐."

에휴, 사장님은 확실히 유치하다. 또 할 말이 없나 보다.

"왜 말이 그리로 새요. 그게 똥이라는 소리지 그럼 뭐예요? 할 말 없으면 꼭 검정고시 얘기만 하면서. 그렇게 내가 검정고시 보기 원하면 단무지 싸는 걸 도와주던지, 학원 다니게 월급이라도 올려 주세요."

내가 씩씩거리며 대꾸하자 사장님은 못 들은 척 슬그머니 일어나 주방으로 들어갔다. 조금 있자 도마 위에서 신나게 칼질하는 소리가 들리기 시작했다.

고양이 손이라도 빌리고 싶을 만큼 바쁜 점심시간이 지났다. 이 틈을 놓치지 않고 사장님은 또 기원으로 달려가신 것 같다. 아 진짜, 내 점심은 어쩌라고, 정말 밉다. 오늘도 주방에서 계란프라이나 해야겠다. 한창 점심을 먹고 있는데 가게 문이 열리며 사장님이 들어왔다. 웬일로 금방 들어오나 쳐다보는데 그 뒤를 따라 아줌마 한 명이 보였다.

"사장님, 벌써 오세요? 바둑은 어쩌고?"

사장님은 아줌마에게 자리에 앉으라고 의자를 빼 주면서 나를 째려보았다.

"녀석아 내가 뭐 기원만 다니는 줄 알아? 오늘은 번지수 잘못 짚었다."

둘은 내 옆자리에 앉아 작은 소리로 심각하게 얘기를 나눴다. 테이블이라곤 달랑 두 개밖에 없어서 고개만 돌려도 부딪칠 거 같은데 뭘 나한테 숨길 게 있다고 저렇게 작게 말하는 걸까? 나는 일부러 남은 밥을 느릿느릿 먹으며 옆자리를 힐끔거렸다. 뭔가 들릴 것도 같은데 단어 몇 개만 귀에 들어오고 영 무슨 얘긴지 알 수가 없었다. '점심', '도와', '1급', 귀에 들리는 단어로 퍼즐을 맞춰 보았다.

'점심시간까지 공부하는 걸 도와줘야 내신 1등급을 받을 수 있다?'

'점심을 굶고라도 도와줘야 1급을 딸 수 있다?'

에에잇, 모르겠다. 어차피 별 대수롭지도 않은 얘기겠지. 나는 빈 밥그릇을 들고는 일어나 싱크대로 걸어갔다. 설거지를 대충 하고 홀로 나오니 아줌마는 이미 가고, 사장님 혼자 보리차를 호호 불며 마시고 있었다.

"승재야, 이리 와서 좀 앉아 봐라."

다른 때 같지 않게 무거운 목소리였다.

"왜 그렇게 심각하게 불러요. 긴장되잖아요. 이러고 있을 시간 없어요. 저녁 장사 준비해야죠."

"이놈아 사장은 나야. 망해도 내가 망하는 거니까 걱정하지 말고 일단 앉아 봐."

나는 마지못해 엉덩이를 쭉 빼고 의자에 걸쳤다.

"망하기 전에 내가 고생하니까 그러죠. 어차피 사장님은 주방에만 있잖아요. 손님한테 욕먹는 건 나란 말이에요."

사장님이 앞에 있던 효자손으로 내 어깨를 톡 쳤다.

"하여간 지는 법이 없지. 일단 내 말이나 좀 들어 봐. 너한 테도 나쁜 거 아니니까."

나는 귀찮은 얼굴로 입을 삐죽거렸다.

"하려면 얼른 해요. 화장실 급해요."

사장님은 효자손을 등 뒤로 집어넣어 득득 긁더니 금방 시원한 표정이 되었다.

"너 내일부터 바쁜 점심 배달 끝내면 다른 곳에 배달 좀 다녀라."

"어차피 배달이 다 다른 곳으로 가지 뭐 한 곳만 계속 가 나요?"

나는 이해할 수 없는 얼굴로 사장님을 쳐다봤다.

"아니, 그러니까 내 말은 한가한 시간에 한 시간 정도 시 간을 내서 딱 한 집만 배달을 가라는 거야."

더 알 수 없는 얘기였다.

"무슨 배달이 한 시간이나 걸려요? 가다가 다 불겠어요."

사장님은 말이 자꾸 꼬이는 게 답답한지 손바닥을 마구 비벼 댔다.

"말 좀 끊지 말고 일단 좀 끝까지 들어. 한 시간 동안 내

내 오토바이 타고 배달을 갔다 오라는 게 아니고 거기 앉았다 오라는 거야."

뭔 소리를 하는 거야? 무슨 변태 손님인가? 자기 먹는 걸 봐 줘야 행복감을 느끼는? 나는 입이 근질거렸지만 주먹을 꾹 쥐고 참았다.

"내가 네 점심까지 싸 줄 테니까 거기 가서 둘이 먹고 오란 말이야. 그렇게만 해 주면 내가 하루 오천 원씩 더 쳐줄게. 오천 원이 한 달 모이면 십오만 원인 건 너도 알지? 쉬는 날 이틀 일 안 해도 다 오천 원씩 쳐줄 테니까 한번 해 봐."

"내가 한 시간이나 가게를 비우면 배달은 누가 해요?"

사장님 믿는 구석이야 뻔하지만 혹시나 싶어서 물었다.

"아, 애들 엄마한테 잠깐 주방 맡기고 배달은 내가 하면 돼."

이럴 거면서 진짜 뭐하러 그 난리를 치고 헤어진 거람.

"와! 사장님 너무한 거 아니에요? 이혼한 지 벌써 몇 년쨌데 무슨 일만 생기면 사모님부터 찾아요!"

벗어진 머리를 손바닥으로 문지르다 말고 사장님이 내 볼을 잡아당겼다.

"이혼했다고 우리가 남이야? 애들도 같이 키우는 마당에! 그리고 우리는 이혼한 순간부터 친구야, 친구. 그 사람이나 나나 쿨한 지성인이라고!"

나는 잡힌 볼을 잡아떼며 잽싸게 뒤로 물러섰다.

"쿨하긴 뭐가 쿨해요. 사모님 가게 잘된다고 매일 배 아파하면서."

"내가 언제 그랬어? 네놈 심보가 못돼 먹었으니 나까지 그렇게 보이는 거야. 하여튼 내일부터 어쩔 거야?"

사장님은 다 마신 빈 컵을 들고 주전자 쪽으로 걸어갔다. 나는 의자에 앉아 곰곰이 생각해 보았다. 그러니까 사장님 말은 한가한 시간에 다른 집에 가서 혼자 먹기 싫어하는 누군가와 같이 점심을 먹고 오기만 하면 오천 원씩을 더 준다는 거다. 설마 사장님 성격에 진짜 변태하고 밥을 먹으라고 할 리는 없고, 뭐 내가 손해 볼 거는 없잖아. 느긋하게 점심 먹고 돈도 챙기고 말이야. 나는 물을 마시는 사장님을 보고는 엄지와 검지를 동그랗게 붙여 보였다.

"좋아요. 할게요. 대신 사장님도 제 말 한 가지 들어주세요."

나는 장난기 가득한 눈웃음을 지었다.

"뭐, 뭘 또 날 괴롭히려고 그래?"

사장님이 눈을 커다랗게 뜨고 날 바라보았다.

"괴롭히기야 사장님이 날 괴롭히지, 힘없고 가난한 제가 어떻게 사장님을 괴롭혀요. 그냥 아침에 조금만 일찍 나와서 저랑 단무지 포장 좀 같이해요. 기원에 줄 사랑을 저한테도 조금만 나눠 주시라고요. 제가 진짜 바둑돌만도 못해요?"

나는 한껏 눈꼬리를 내려 보이며 우는 시늉을 했다.

"이놈아, 원래 단무지 포장은 배달하는 사람 몫이야. 처음에 좀 도와줬더니 그게 같이하는 일인지 알았냐?"

사장님은 물러서지 않겠다는 듯 팔짱까지 끼며 목소리에 힘을 주었다.

"그거야 큰 가게들 얘기죠. 사람이라고는 사장님하고 나 둘뿐인데 무슨 그런 소리를 해요. 내가 사장님 대신 설거지하고 양파 썬 게 한두 번이에요? 정말 이렇게 나오시면 앞으로는 아무리 바빠도 안 도와줄 거예요!"

나도 질 수 없어 있는 대로 으름장을 놓았다. 그때서야 사장님은 할 수 없다는 듯 두 손을 들었다.

"그래 군자가 참아야지. 내 어찌 소인배의 좁은 아량을 탓하겠냐. 내일부터 도와줄 테니 그만 좀 찡찡거려라. 그럼 너도 남아 일언 중천금. 일단 한다고 했으니 무르기는 없는 거다. 이제 다른 길은 없는 외통수! 어쨌거나 앞으로 잘해 보자."

분명 내가 원하는 대로 됐는데 뭔가 손해 보는 느낌이다. 내일부터 단무지는 같이 싸게 됐지만 찜찜한 게 개운하지가 않다. 뭘 거창하게 한자까지 쓰는 거지? 사장님이 저러는 거 보면 수상한데……. 에이, 뭐 별일이야 있겠어? 앞치마를 두르고 주방으로 들어가는 사장님을 쳐다보며 나는 알 수 없는 마음에 고개를 갸웃거렸다.

막상 배달통을 들고 나가려니 사장님이 조금 걱정스러운 얼굴로 급하게 오토바이까지 따라 나왔다. 낮이라 그런지 따뜻한 볕이 얼굴에 내리쬐었다. 나는 헬멧을 쓰고는 배달통을 뒤에 실었다.

"사장님 왜 여기까지 따라 나오고 그래요. 내가 무슨 나라 구하러 전쟁터에 가는 것도 아닌데 구겨진 얼굴 좀 펴요."

오토바이에 올라타 엑셀을 살짝 당기자 흰 연기가 쿨럭거리며 뿜어 나왔다.

"어쨌든 하기로 한 거니까 중간에 돌아오거나 하면 안 된다. 그러면 내가 아침에 포장한 단무지들로 맞을 줄 알아.

출발하려는데 사장님이 갑자기 내 팔을 꾹 잡았다.

"아, 그리고 이거 받아라."

사장님은 열쇠를 하나 건네주었다.

"이걸 왜 줘요?"

열쇠를 받아서 주머니에 넣으면서 헬멧을 긁적였다.

"그 집에 도착하면 사람 부르지 말고 네가 열고 들어가."

"네?"

나는 놀라서 다시 물었다.

"일단 내가 시키는 대로 해. 가 보면 왜 그런지 알 거다."

순간 가기 싫은 마음과 왜 그런지 물어보고 싶은 마음이 양 귀를 쫑긋 세우며 쌍으로 솟아났지만 너무 심각해 보이는 사장님 얼굴에 아무 말도 하지 못했다. 하긴 그렇게 철석같이 약속을 했는데 지금 깨기도 민망하긴 했다. 나는 걱정 말라며 가볍게 웃어 보이고는 출발했다. 세한초등학교 옆 골목이면 자주는 아니라도 여러 번 배달 간 적이 있던 곳이다. 오늘 가는 집은 처음이지만 금방 찾을 수 있을 거다. 삼거리를 지나자 바람을 타고 산에서 불어오는 풀 냄새가 코를 간지럼 태웠다. 오르막길을 지나자 초등학교에서 애들이 나오며 신나게 떠들어 댔다. 나는 옆 골목으로 들어가 오토바이를 세우고 배달통을 들었다. 151-8번지 대문 앞에 서서 열쇠를 꺼냈다. 길가에 있는 마당 없는 조그만 단층집이었다. 옛날에 지은 거라 그런지 벽돌도 아니라 그냥 시멘트를 바른 벽이었다. 이 동네도 재개발이 많이 돼서 이런 집은 흔하지 않은데 오랜만에 보니 반가운 마음도 들었다. 헛기침을 몇 번 하고 열쇠를 구멍에 밀어 넣었다. 문을 열고 들어가니 조그만 마루 겸 부엌이 나왔다. 마루 구석이며 싱크대 옆이 먼지 하나 없이 깔끔하게 정리되어 닦여 있는 걸로 봐서 집 주인이 꽤 부지런한 사람 같았다. 그런데 어디로 들어가야 하지? 배달통을 내려놓고 마루에 서서 집 안에 난 문들을 쳐다보며 잠시 고민했다. 현관과 마주 보이게 빼꼼이 열린 문틈을 들여다보니 화장실이었다. 남은 두 개의 문 중 어딜 열어야 하나 생각하고 있는데 한쪽 방에서 작은 말소리가 들렸다. 나는 다시 배달통을 들고 조용히 문으로 가 손잡이를 잡고 돌렸다. 두꺼운 커튼을 쳐서 대낮인데도 깜깜한 방 안 천장이 온통 야광별투성이였다. 이런 유치 반짝반짝한 방이라니! 주인이 누군지 모르지만 나랑 안 맞을 건 분명했다.

"별들 근사하죠?"

내 또래 아이의 목소리였다. 소리가 나는 쪽을 내려다보니 한구석에 펴 놓은 이불 위로 누군가가 누워 있었다. 이 녀석이 왕 유치한 방의 주인이구만. 녀석과 밥을 먹어 줘야 하는 건가? 그런데 왜 누워만 있어? 이거 변태는 아니라도 변태 주니어 정도는 되는 녀석 아니야? 아니지, 설마 그 텔레비전에서만 보던 은둔형 외톨이 같은 건가? 에이, 몰라 몰라. 얼른 밥이나 먹고 나가자.

"저, 배달시키신 분 맞죠?"

나는 차마 유치찬란한 별들이 근사하단 대답은 할 수 없어서 일단 다른 질문으로 얼버무렸다.

"에이, 배달시켰으니까 온 거 아니에요? 그런데 너무 어둡죠? 커튼 좀 걷고, 문 옆에 보면 스위치 있으니까 방에 불 좀 켜 주실래요?"

"아, 네."

친근한 말투에 나도 모르게 엉겁결에 대답하고 창가로 가 커튼을 걷었다. 하지만 창 앞에 높은 담이 있어서인지 방 안은 생각보다 환하지 않았다. 이래서 형광등을 켜라고 한 거였군. 뒤로 돌아서 벽에 붙은 스위치를 눌렀다. 그런데 가만히 생각하니 녀석이 괘씸했다. 내가 같이 밥 먹으러 왔지, 이런 거 하러 왔나. 날 막 하인처럼 부려 먹네. 형광등이 몇 번 껌벅거리더니 방 안에 환한 불이 들어왔다. 아래를 내려다보니 이불을 덮고 있는 남자애가 눈이 부신 듯 얼굴을 잔뜩 찡그리고 누워 있었다. 살이 없는 얼굴이 딱 내 또래였다. 아니, 왜 일어나질 않는 거야? 내가 배달이나 한다고 그렇게 만만한가? 순간 자존심이 상했지만 꾹 참고 배달통을 열었다.

"저, 미안하지만 나 좀 일으켜서 벽에 기대 줄래요?"

녀석이 작게 웃으며 부탁했다. 이게 지금 무슨 상황이지? 내가 왜 녀석을 일으켜 세워 줘야 하는 거야? 어디 심하게 부러지기라도 한 건가?

"혼자 못 일어나요?"

나는 시큰둥하게 말을 던졌다.

"둘이 해도 잘 못 일어나요."

장난스런 목소리였다. 나는 화내기도 뻘쭘해져 녀석에게 다가가 팔을 잡아당겨 등을 세우려 했다.

"아, 아─. 그렇게 하면 안 돼요. 내가 목 아래로는 몸을 쓸 수가 없는 1급장애가 있거든요. 요, 입만 살아서 나불거리는 거라고요. 팔만 잡아당기면 더 힘들어요. 등을 안아서 세워야 해요."

아! 1급이란 말이 바로 이거였구나. 녀석을 다시 보았다. 볕을 제대로 본 지 오래되어 허연 얼굴에 살은 없었지만 유난히 검고 큰 눈동자가 또롱또롱했다. 녀석이 아무리 유쾌하게 말을 건네도 이런 공간, 이런 상황에 놓여 있는 것만으로 난 충분히 불편했다. 그때서야 대충 감이 왔다. 사장님이 왜 그렇게 한자까지 써 가며 다짐을 받고 또 받았는지 말이다. 내가 혹시나 말만 듣고 싫다고 할까 봐 선수를 친 거다. 역시 사장님은 고수였다. 그에 비하면 난 아직 멀었다. 시간당 오천 원에 넘어간 나를 탓하지 누굴 탓하겠어. 요걸 어쩐다. 정말 이런 일은 별론데……. 아무리 돈이 좋아도 나까지 우울해지는 건 질색이다. 가뜩이나 내 한 몸 버티기도 힘든데 며칠만 같이 밥 먹으면 나까지 옮을 것 같다. 그래도 일단 오늘 일은 해야겠다 싶어 녀석이 시킨 대로 등 뒤로 가서 안아 올렸다. 몸에 힘을 줄 수 없어서인지 꽤 무거웠다.

"헤헷, 엄마나 간호사 말고는 남한테 안겨 본 게 처음이에요. 이렇게 안기니 품이 넓고 따뜻한 게 나쁘지 않고 좋네요."

화들짝 놀라 안고 있던 팔을 빼려는데 순간 녀석의 몸이 휘청하며 쓰러지려 했다. 가까스로 등을 받친 나는 방향을 틀어서 벽에 기대게 해 준 다음 배달통을 열었다. 그러곤 음식을 꺼내다 말고 강하게 손바닥을 쫙 펴서 녀석의 눈앞에서 크게 저어 보였다.

"저 진짜 그런 사람 아니거든요."

녀석이 재미있는지 소리까지 내며 웃기 시작했다.

"놀라시긴, 남자가 남자 좋아하는 게 뭐 나쁜 일인가요. 어차피 다 같은 사람이잖아요. 하지만 뭐 서운하게도 저는 여자가 더 좋네요. 아까는 그냥 웃기려고 꺼낸 말이었어요. 그러니까 그렇게 경계하실 필요 없어요. 안심하셔도 돼요."

그런데 이 녀석은 왜 이렇게 날 보고 샐샐 웃는 거야. 내가 이러면 안 되지! 정들면 나만 손해다. 뭐 아직까지 내 앞에서 찡찡거리며 울지는 않지만 그건 만난 지 아직 십오 분 정도밖에 안 지났으니 그런 걸 거다. 이런 녀석은 뻔하다. 조금만 힘들고 서운해도 내 탓을 할 거다. 그럼 무조건 피해자는 이 녀석이 되겠지. 나는 장애가 있는 사람을 괴롭힌 나쁜 놈이 되고 말이야.

"그쪽은 짬뽕이죠?"

나는 음식에 씌운 랩을 벗겨 내고 녀석 앞에 밀어 놓았다. 그러고는 볶음밥의 랩을 벗겨 냈다. 사장님이 멋지게 싼 단무지도 말이다. 그런데 녀석이 말똥말똥 짬뽕만 바라보고 젓가락을 들 생각을 안 했다.

"왜 안 먹어요? 지금 안 먹으면 금방 불어요."

녀석이 아까처럼 또 웃더니 입을 열었다.

"말했잖아요. 나 목 아래로는 다 마비라고. 제대로 설명을 못 들으셨나 보다. 한 입 한 입 다 먹여 줘야 하는데, 이거 미안해서 어쩌나."

아이씨, 사장님 하는 일이 다 그렇지. 정말이지 내 생각은

개 콧구멍에 털만큼도 안 해 준다니까. 얘를 다 먹이고 나면, 나는 뭐 식은 밥 먹으라는 소린가. 어제 안 손님이 삼 년이나 같이 지낸 나보다 더 귀하다 이거지. 하긴 자동으로 단골 확보니 놓치기 싫었겠지. 흥, 어디 이따가 보자고요!

"네네, 눈치 없어서 미안해요. 내가 원래 붕어랑 좀 친해서 금방 들은 것도 금방 까먹어요."

나는 마지못해 엉거주춤 게걸음으로 녀석의 옆자리로 옮겨 갔다.

"저 책상 위에 보면 턱받이 있으니까 그거 좀 목 뒤로 묶어 주세요."

"네네, 얼른 알아 모시겠습니다."

뭔 놈의 턱받이까지 해. 무슨 풀코스 양식 먹나. 나는 조금 비아냥거리며 턱받이를 묶어 주었다. 그러고는 면을 집어서 녀석의 입에 넣어 주었다. 하지만 입안에 제대로 들어가지도 못하고 앞으로 다 흘러내렸다. 아이씨, 아깝게. 이거 수타면이거든!

"그렇게 한꺼번에 많이 주시면 입에 다 못 넣어요. 한 가닥씩 넣어 주세요. 그런데 이름이 뭔지 물어봐도 돼요?"

웬 밥 먹다 말고 이름 타령이야. 내가 지금 너랑 친구하고 싶겠니?

"이름 알아서 뭐해요. 그냥 아저씨라고 해요."

"에이, 나이도 나랑 비슷해 뵈는데 아저씨는 무슨 아저씨예요. 하긴 먼저 물었으니 나부터 말해 줘야 하나? 나는 호수예요. 이호수. 나이는 열여덟이고요."

헛, 이 녀석 나랑 동갑이잖아. 나보다 조금 어린 줄 알았더니. 에에—이, 몰라, 몰라. 그런 게 나랑 무슨 상관이야. 그래도 여기서 빼면 못된 놈 소리 듣겠지?

"난 박승재. 너랑 동갑이니까 말 논다. 그런데 나 2월생이야. 그러니까 정확하게 따지면 아마 너보다 형일 거야."

녀석은 그런 내가 귀엽다는 듯 또 샐샐 웃었다.

"이걸 어쩌지. 나는 1월생인데. 하지만 나는 착하니까 그냥 친구로 지내자."

뭐, 뭐 이딴 녀석이 다 있어. 그럼 나는 못됐다는 소리냐? 웃는 얼굴로 사람 잡네.

"야, 면 다 붇겠다. 얼른 먹기나 하자."

나는 벌게진 얼굴로 짬뽕을 그릇째 들고 한 가닥씩 녀석에게 집어 주었다. 처음이라 그런지 입에 들어가는 게 반, 떨어지는 게 반이었다.

"정말 서툴구나. 하긴 초보니까 별수 없지. 받아먹기 한국 신기록을 가지고 있는 내가 알아서 해야지 어쩌겠니."

나는 깜짝 놀라 녀석을 쳐다보았다.

"뭐야! 그런 것도 신기록이 있어? 뭐 특별한 기술 같은 게 따로 있나?"

내가 엄청 심각하게 묻자 녀석이 짬뽕 면발까지 튀겨 가며 아까보다 더 크게 웃기 시작했다.

"승재 너 개그맨 해도 되겠다. 왜 이렇게 웃겨. 세상에 그런 게 어디 있어. 웃자고 한 소리지."

와! 이 녀석은 사장님보다 한술 더 뜨는 녀석이다. 나를 이렇게 가지고 놀다니. 못된 건 내가 아니고 녀석이 분명하다! 겨우 짬뽕 그릇을 비운 다음 흘린 걸 치우고 보니 오십 분이 지나 있었다. 나는 일부러 들으라는 듯 눈치를 주며 큰 소리로 말했다.

"난 아직 밥도 못 먹었는데 어떡해."

후다닥 수저를 들고 볶음밥을 입에 넣으니 벌써 식어서 기름 냄새가 났다. 그래도 지금 그걸 따질 때가 아니다. 오후까지 일하려면 이거라도 먹어 둬야 한다. 하지만 녀석은 그런 건 아랑곳하지도 않는 것 같았다.

"내일은 좀 더 빨라지겠지. 앞으로 잘 부탁해, 친구!"

친구는 무슨 친구! 고양이 방귀 뀌는 소리하네. 내 인생에 너같이 피곤한 친구는 생길 일이 없거든! 일단 오늘 사장님을 보고 결판을 내야지. 나는 들은 척도 안 하고 그릇을 챙긴 다음 인사도 하는 둥 마는 둥, 문을 잠그고 나왔다. 가게로 돌아가니 사모님이 기다렸다는 듯 주방에서 가방을 들고 나왔다.

"사모님, 뭐하러 오셨어요. 그렇게 사장님이 부탁할 때마다 오면 헤어진 보람도 없잖아요."

나는 속으로 사모님이 제발 내일부터 오지 않기를 바랐다.

"우리 목사님이 그러시더라. 원수를 사랑하라고. 어쩌겠니, 애들 아빤데. 또 부탁 안 들어주면 애들 만나서 얼마나 찡찡거리겠어. 완전 애잖아, 애. 아휴, 안 봐도 훤하다. 내 팔자가 그렇지. 저 인간하고 헤어지면 나도 좀 꽃피나 했더니…… 이건 뭐, 툭하면 날 불러 대서 자기 뒤치다꺼리해 달라고 생떼를 부리니, 애라면 가르치기라도 하지. 무슨 말만 하면 자기도 못 알아먹는 한자나 읊어 대면서 아는 척은 또 얼마나 하는지. 내가 진짜 애들 데리고 이민이라도 가야지 이 꼴을 안 보지."

사모님은 가방을 내려놓고 의자에 앉더니 신세 한탄을 하기 시작했다. 아, 그렇다! 우리 사모님은 원래 한번 사장님 얘기가 터지면 하루 24시간 풀가동해서 모터를 돌리는 스타일인데, 내가 괜히 시작 스위치를 눌렀구나. 진짜 이놈의 입이 트러블 메이커다.

"그런데 사장님은 어디 갔어요?"

나는 얼른 화제를 바꾸려고 가게 안을 둘러보며 물었다.

"똥 싸러 갔어. 가면서 뭐래는 줄 아니. 뭐 큰일을 해결하면 작은 일은 저절로 해결된다나 뭐라나. 또 인터넷에서 봤겠지. 자기는 그게 엄청 웃기는 얘긴 줄 알고 내가 언제 웃나 기다리더라. 그래서 내가 그런 법이 어디 있냐고 했더니, 잔뜩 삐쳐서 나가더라. 아니 똥 싼다고 꼭 오줌도 싸니? 넌 그래? 난 안 그렇거든."

가뜩이나 기름 냄새나는 찬밥 먹고 와서 서러운데, 남이 응가하는 얘기까지 듣는 건 정말 싫었다.

"전 그냥 일 보느라 집중해서 그런 거까지 따져 보지는 못했네요. 그런데 얼른 가게 가 보셔야 하는 거 아니에요? 거긴 계속 바쁘잖아요."

그 말이 나오자마자 기다렸다는 듯이 사모님이 환하게 웃었다.

"응, 우리 가게야 엄청 바쁘지. 저번 주에도 텔레비전에서 맛집으로 촬영 나왔다니까. 그래서 이번에 아줌마 한 명 더 구했어. 내가 없어도 가게는 괜찮아. 이놈의 영감탱이도 내 말 듣고 처음부터 이런 게딱지만 한 중국집 말고 한식 전문

점을 했으면 얼마나 좋아. 뭐 한국 사람이 매일 먹는 게 한식인데 누가 그런 걸 비싼 돈 주고 먹냐고 빠득빠득 우겨서 중국집 열더니 간신히 적자나 면하고 꼴좋지 뭐야! 뭐 사장면 면발에는 인생의 이치가 있다나 뭐라나. 아니 바둑에도 인생의 이치가 있고, 면발에도 있으면 뭐 세상에 이치 없는 게 어딨어!"

그때였다. 사장님이 살금살금 걸어와 등 뒤에서 사모님의 양 볼을 감쌌다.

"그럼 세상의 모든 건 인생이 담겨 있지. 당신이 신고 있는 그 번쩍번쩍한 구두에도 인생의 이치는 있는 거야."

"에잇, 징그럽게 어딜 만져! 매일 그런 타령이나 하니까 돈도 못 벌고 이 모양 이 꼴이지. 내가 당신하고 계속 살았으면 지금도 지지리 궁상이나 떨고 있겠지."

사모님이 사장님의 손을 잡아떼며 소리쳤다.

"그래서 당신은 그렇게 돈 타령인가. 그리고 내가 얼마나 고생을 시켰다고 또 궁상 얘기는 꺼내는 거야. 애들이 뭐래는지 알아? 뭐 유노윤호? 최강창민? 그런 거처럼 나도 궁상아빠라고 별명까지 지어 주더군. 당신이 얼마나 애들한테 내 흉을 봤으면 아무리 장난이라지만 애들이 나보고 궁상아빠라고 그러나. 교회는 왜 다녀? 회개하고 또 죄지으려고?"

"이 양반이 왜 또 교회는 들먹거려. 헌금 내라고 만 원짜리 한 장이라도 쥐여 준 적 있어? 우리 목사님 귀 간지럽게 왜 또 난리야?"

"에휴, 그래 당신이 다 맞으니까, 얼른 가서 그 좋아하는 돈이나 잔뜩 벌어."

"가지 말래도 간다. 으이구, 내가 속도 없지. 저런 인간이 뭐가 예쁘다고 이놈의 가게까지 와서 고생인지. 설거지하다가 물 튀어서 괜히 옷만 버리고."

투덜거리며 가방을 들고 일어서는 사모님에게 사장님이 무뚝뚝하게 얘기했다.

"내일 늦지 말고 와!"

사모님이 살짝 돌아보고 '흥' 하더니 가게 문을 닫고 나갔다. 그래도 내일 안 온다는 소리는 하지 않았다. 이 부부, 아니 전에 부부였던 사람들은 원래 이렇다. 이 년 전에 헤어질 때도 다시는 안 볼 거처럼 울고불고 난리 치더니 한 달도 안 가서 일 도와주러 왔었다. 확실히 미운 정도 정은 정인 것 같다. 혹시라도 모르니 나도 녀석한테 절대 미운 정이라도 들이지 말아야 한다. 그렇게 되는 날엔 나도 사모님 꼴 나는 거다. 사모님처럼 아무런 득도 없이 한도 끝도 없이 도와주기만 해야 할 거다. 아, 맞다. 나도 사장님이랑 해

결할 일이 남았지.

사장님한테 화내 봤자 본전도 못 찾을 테니 오늘은 방법을 바꾸기로 했다.

"사장님, 어떻게 저한테 이럴 수 있어요?"

나는 의자에 앉은 사장님을 내려다보고 불쌍하게 울먹였다. 사장님도 내가 이럴 건 생각하지 못했는지 당황하는 눈빛이었다.

"뭐, 뭘 내가 어쨌다고 그래."

나는 눈을 내리깔면서 힘없는 목소리로 말을 이었다.

"저 오늘 거기 가서 얼마나 놀랐는지 알아요?"

사장님이 뒤로 주춤 의자를 빼면서 큰기침을 한 번 했다.

"놀라긴 뭘 놀래. 밥 한 끼 먹는 거 도와주는 게 뭐가 어떻다고."

나는 그런 사장님을 가만히 바라보았다.

"그렇죠. 나보다 힘든 사람 도와주는 게 당연한 거, 저도 알죠. 그런데요. 아시잖아요. 제가 어떤 애라는 거. 엄마도 없는 제가 매일 아빠한테 개처럼 맞다가 그나마도 어느 날 아빠가 없어져 버려서 혼자 된 거요. 그때 주인집에서 쫓겨날 때 사장님이 오셔서 밀린 월세도 갚아 줬었잖아요."

"그랬지. 그런데 그, 그게 뭐, 어떻다고 그래."

사장님의 목소리가 조금 흔들렸다. 뭔가 내 수가 먹히는 것 같았다.

"그러니까요. 그게 어떤 건 아니죠. 그런데요. 전 지인짜— 나보다 불쌍한 사람 보는 거 견디기 힘들어요. 나 하나 견디며 생활하는 것도 눈물 나게 벅차단 말이에요. 사장님은 제가 스트레스받아서 아빠 사라졌을 때처럼 비쩍 마르면 좋겠어요?"

일부러 살짝 말끝에 힘을 주었다. 이쯤하면 거기 가라는 말은 하지 않겠지? 속으로 기대하면서 말이다.

"이 녀석아, 왜 그렇게 생각해?"

내 생각과는 전혀 다르게 사장님이 내 이마에 꿀밤을 놓았다.

"아, 왜 그래요, 아프잖아요."

나는 이마를 손바닥으로 문질러 댔다.

"왜 호수가 너보다 힘들다고 생각해?"

사장님이 씩 웃으며 나를 쳐다보았다.

"사장님 지금 몰라서 묻는 거예요? 걔 목 아래로는 아무것도 못 한다고요. 전신마비란 말이에요. 혼자서는 수저도 못 들어요."

나도 모르게 소리가 커졌다. 사장님을 이해할 수 없었다.

"그럼 불쌍한 거냐?"

그런 나를 사장님은 비웃듯 쳐다보았다.

"그럼 행복한 거예요?"

화가 나 쏘아붙이듯 물었다.

"그런 얘기가 아니야. 왜 너의 판단으로만 개가 불행하다고 확신하냐는 거다. 네가 아무리 싫다고 해도 난 네가 그 일을 했으면 한다. 절대 너한테 손해 가는 일은 없어."

나는 벌떡 일어나며 짜증을 냈다.

"사장님이 그걸 어떻게 알아요?"

"내가 누누이 말했듯, 바둑과 자장면에는 인생의 진리가 있어. 내가 그걸 하루도 거르지 않고 수련하는데 그쯤은 눈 감고도 알아."

사장님은 오백 년 묵은 너구리처럼 능청스럽게 배를 만지작거렸다.

"아 ― 아, 사장님 저 진짜 거기 가기 싫어요. 어차피 돈도 별로 안 되잖아요. 그리고 사모님한테 매일 잔소리 듣고 싶으세요?"

"이 녀석아, 돈이 다가 아니야. 그리고 애들 엄마 목소리야 마음먹기에 따라서 듣기 좋을 수도 있고. 실은 옛날 생각도 나서 좋아. 그러니까 무조건 내일도 가는 거야."

사장님은 더 듣지 않겠다는 듯 벌떡 일어나 앞치마를 두르고 주방으로 들어가 버렸다. 진짜 사장님은 왜 저러실까? 그냥 좋은 게 좋은 거지. 내가 이렇게까지 말하는데도 왜 꼭 가라고 하는 걸까? 거기에, 걔가 나보다 안 불쌍하면 내가 걔보다 더 불쌍하다는 거야? 아무리 내가 아빠한테까지 버림받았다고 그런 애보다 더 불쌍하다는 건 말이 안 되잖아. 화를 삭이지 못해 앞에 있던 의자를 발로 차 버렸다.

어쩔 수 없이 매일매일 다닌 게 벌써 한 달이 다 됐다. 녀석의 점심 시중을 들고 있어도 별로 달라진 건 없다. 내 눈에 녀석은 여전히 불쌍해 보였다. 녀석이 헤헤거리며 내 비위를 슬슬 건드리는 것도 싫었다. 수저 하나도 못 드는 녀석이 뭐가 그렇게 좋다고 바람에 먼지 날리는 것만 봐도 웃음을 터트리는지 모르겠다. 하늘이 낮고 구름이 짙게 깔린 게 금방이라도 비가 쏟아질 것 같다. 신발이 젖어서 질척질척하면 배달이 두 배로 힘든데 벌써부터 한숨이 나온다. 오늘은 정말 가기 싫다. 내 마음을 아는지 시동도 잘 걸리지 않는 오토바이를 간신히 몰고 녀석에게 달렸다.

"왜 이렇게 늦었어. 안 오는 줄 알았잖아."

배달통도 내려놓기 전부터 녀석이 기다렸다는 듯이 칭얼

댔다. 왜 이렇게 친한 척은 하는지.

"내가 너처럼 한가한 줄 알아? 오늘 배달이 많아서 이것
도 엄청 빨리 온 거거든!"

나는 녀석을 일으켜 세우며 이마를 찌푸렸다.

"늦게 왔으니까 그만큼 늦게 가는 거지?"

녀석이 강아지 같은 눈을 반짝이며 나에게 물었다.

"안 돼!"

나는 간단하게 딱 잘라 말을 끊었다. 순간 녀석의 눈꼬리
가 축 처졌다. 내가 네 엄마냐? 왜 나한테 뭔가를 자꾸 기대
하는 거야? 나는 그게 보기 싫어서 고개를 돌려 얼른 음식
을 꺼내 랩을 벗겨 냈다.

"오늘은 짜장면이야. 사장님이 너 먹이라고 국물도 따로
챙겨 줬어."

나는 젓가락을 쪼개서 면을 비비기 시작했다.

"넌 오늘도 볶음밥이네? 볶음밥이 그렇게 좋아?"

녀석이 지겹다는 듯 내 밥그릇을 빤히 내려다보았다.

"저녁까지 일하려면 면 가지고는 부족해. 그래도 밥을 먹
는 게 더 든든하지. 그리고 네가 아직 중국집에 대해 잘 모르
나 본데, 원래 이 볶음밥 하나 시키면 모든 게 따라오는 법이
야. 밥 주지, 밥 위에 짜장 소스 얹어주지, 거기에 짬뽕 국물

까지 껴 주니, 이거야말로 삼박자가 척척인 거지."

내가 힘을 팍 주며 으스대자 뭔가 대단한 거라도 들은 거처럼 녀석이 신기해 했다.

"와! 진짜 그렇네. 네 말대로 볶음밥 하나 시키면 세 가지나 맛볼 수 있겠다."

나는 콧김을 팡 내뿜으며 녀석의 입에 면을 한 가닥 집어서 넣어 주었다. 이제는 요령이 생겨서 그릇을 비우는 동안 거의 면을 흘리지 않게 되었다.

"우리 사장님 식대로 말하면 볶음밥이야말로 인생의 진리가 담겨 있는 거지. 인생이란 게 원래 한 가지로 딱 설명되는 게 아니거든. 하나처럼 보여도 그 안을 들여다보면 밥도 있고 짜장도 있고 짬뽕 국물도 있는 거거든. 아— 내가 이걸 사장님 앞에서 한번 떠들어 줘야 하는데."

녀석이 재미있다는 듯이 킥킥거리면서 내 말을 열심히 들었다. 하긴 네가 어디서 이런 재미와 교훈이 한 그릇 안에 담긴 얘기를 들었겠냐.

"그래도 나는 중국집 하면 짬뽕이나 짜장면이 좋더라. 밥 시키면 괜히 아까운 생각이 들어. 밥은 집에서도 먹는 거니까."

녀석은 입 주위에 짜장을 묻히며 주는 대로 덥석덥석 잘

받아먹었다. 그런데 다른 때보다 유난히 빨리 먹는 것 같았다.

"오늘따라 왜 이렇게 빠르냐?"

"너 시간 되면 바로 가야 한다며. 내가 보통 때처럼 먹으면 너 밥 먹을 시간이 없잖아."

녀석이 날 보며 헤벌쭉 웃었다. 미운 녀석. 네 녀석이 아무리 그래도 난 절대 흔들리지 않아. 애써 마음을 다잡으며 아무런 대꾸도 하지 않았다. 녀석이 그릇을 비우자 물을 먹인 다음 밥을 먹기 시작했다. 빨리 먹어 준 덕분에 오히려 내 밥 먹을 시간은 보통 때보다 더 여유가 있었다. 밥도 아직 따뜻해서 먹을 만했다. 한참 먹고 있는데 녀석이 얼굴을 찡그리며 식은땀을 흘리기 시작했다. 나는 입가에 묻은 밥풀을 털어 내며 녀석에게 엉거주춤 다가가 물었다.

"왜 그래? 어디 안 좋아?"

"됐으니까 오지 마. 얼른 밥이나 먹어."

녀석이 크게 소리치며 고개를 흔들었다.

"괜찮긴, 뭐가 괜찮아. 안 좋으면 얼른 말해. 그래야 사장님한테라도 연락하지."

그래도 녀석은 계속 인상을 쓰며 고개만 저었다.

"아니라니까. 나 신경 쓰지 말고 얼른 먹고 가."

평소의 녀석답지 않았지만 더는 신경 쓰는 것도 귀찮았다.

"아, 나도 몰라. 난 분명 너한테 물어봤다. 나중에 나한테 딴소리하지 마."

"걱정 마, 입이 하나라서 두말은 못 하니까."

녀석이 찡그린 얼굴로 샐샐 웃었다. 으휴, 나도 모르겠다. 알아서 하겠지. 밥을 다 먹어 가는데 갑자기 녀석이 날 보고 소리치기 시작했다.

"야, 얼른 나가. 얼른 가방 챙겨서 빨리."

급한 목소리에 고개를 들고 보니 녀석이 얼굴이 새파래져서 날 보고는 소리쳤다.

"뭔 소리야? 갑자기 나가라니. 이제 몇 수저만 더 먹으면 되니까 조금만 기다려."

"빨리 나가라니까, 빨리."

녀석이 닦달을 하며 나에게 화를 냈다. 아니 왜 저러는 거야? 더럽게 치사하네.

"알았어, 가면 되잖아. 거 되게 난리네."

나는 먹다 만 그릇을 챙겨서 문을 쾅 닫으며 나갔다. 안에서 작은 신음 소리가 나는 것도 같았지만 그냥 모른 척했다. 오토바이에 앉아 시동을 거는데 아무래도 자꾸 식은땀을 흘리던 녀석이 떠올랐다. 안 되겠다 싶어 살며시 다시 집으로 들어갔다. 그런데 문을 열자마자 집 안에서 희미한 냄새가 풍겼다. 구린내였다. 나는 아차 싶어 얼른 방 안으로 들어갔다. 녀석은 아무 표정 없이 아까 내가 세워 놓은 그 자리에 그대로 기대서 눈을 감고 있었다. 방 안에선 구린내가 진동을 했다. 나도 모르게 손으로 코를 막으려다 얼른 뗐다. 어떻게 해야 하지? 그런데 내가 옷을 갈아입히면 녀석도 쪽팔리겠지? 아니 내가 지금 뭐하고 있는 거야? 그래도 이렇게 냄새가 독한데 내버려 두고 갈 수는 없잖아. 잠깐 고민한 후 일단 녀석에게 다가갔다.

"야, 뭐해?"

녀석이 눈을 떴다. 나를 보고 놀라더니, 금방 복잡한 얼굴이 됐다. 그러고는 잠시 후 아주 작게 샐샐 웃었다.

"헛, 걸려 버렸네. 보면 모르냐. 똥 싸고 뭉개고 있잖아."

나는 짜증을 내며 옆에 있는 이불을 걷어 냈다.

"넌 그걸 지금 네 입으로 말하고 싶냐?"

"사실이잖아. 내가 아니라고 이 똥이 없는 게 되는 건 아니잖아."

녀석이 또 웃었다. 날 보고 웃는데 이상하게 내 마음 한쪽이 찌리리했다. 이 녀석은 확실히 밉다.

"일단 옷 좀 벗자. 벗어야 갈아입던지, 씻던지 하지."

내가 녀석의 바지에 손을 가져다 댔다. 녀석은 그게 싫었는지 잠깐 이맛살을 찌푸리며 인상을 구기더니 이내 웃는 얼굴로 돌아왔다.

"원래 드라마 같은 거 보면 여기서 내가 울면서 싫다고 소리 질러야 하는 거지? 그런데 난 드라마 주인공이 될 자질은 없나 보다."

바지 지퍼를 내리다 녀석을 올려다보았다.

"뭐 이것도 나쁘지 않네. 그런데 여기서 그냥 벗으면 곤란하지 않을까?"

녀석이 마치 남의 일처럼 아무렇지도 않게 얘기했다. 맞아! 여기서 벗기면 뒷감당을 할 수 없지.

"그런 건 얼른얼른 얘기해야지."

나는 낑낑거리며 녀석을 들어 올려 화장실로 들어갔다. 녀석의 몸은 생각보다 훨씬 가벼웠다. 화장실은 타일 색이 바래서 한눈에 봐도 낡아 보였지만 구석에는 새로 들인 듯 보이는 아담한 욕조가 있었다. 나는 그곳에 녀석을 내려 주고 바지를 내리기 시작했다. 완전히 바지를 벗기자 화장실 안으로 냄새가 진동을 했다. 나는 일단 바지를 타일 바닥에 놓고 샤워기를 틀어 녀석에게 가져다 댔다.

"어때? 너무 찬 거 아니야?"

내가 다리 사이로 물을 흘려보내며 물었다,

"편한 대로 해. 어차피 난 아무것도 못 느끼니까."

녀석이 가만히 자기 다리 사이를 내려다보았다.

"아무것도?"

내가 조금 놀란 소리로 묻자 녀석이 나를 올려다보면서 또 웃었다.

"응. 아무것도. 뜨겁건, 차갑건, 때리건, 똥을 싸건, 오줌을 누건, 내 목 아래는 아무것도 못 느껴."

좀 전보다 더 넓게 퍼지며 마음이 찌리릿거렸다.

"아까 방에서 식은땀까지 흘리면서 나보고 얼른 가라고 했잖아. 그거 참기 힘들어서 그런 거 아니었어?"

녀석이 고개를 절레절레 흔들었다.

"참기 힘들게 마려우면 화장실에 데려다 앉혀 달라고 하지, 뭐하러 널 보고 가라고 소리치겠어. 그 정도는 창피할 것도 없어."

나는 여전히 궁금한 얼굴로 물었다.

"그럼 아깐 왜 그런 거야?"

녀석이 한동안 가만있더니 한숨을 푹 내쉬었다.

"내가 너한테 가라고 할 때는 벌써 일이 터진 뒤였어. 네가 나 먹여 준 다음에 허리 아래로 이불 덮어 줬잖아. 그래서 냄새가 밖으로 느리게 퍼진 거지. 나야 내 몸이니까 금방 냄새를 맡은 거고. 그래서 너한테 들킬까 봐 얼른 가라고 소리 친 거야. 얼마나 조마조마했는지 알아?"

생각지도 못한 말이었다. 나한테 농담이나 하고 언제나 여유 있어 보여서 그렇게까지 들키기 싫어했을 줄은 상상도 하지 못했다.

"안 어울리게 뭘 그러냐."

나는 쌩하게 얘기하며 따뜻한 물로 한참을 씻어 내린 다음 비누로 거품을 잔뜩 내서 녀석의 몸을 구석구석 문지르기 시작했다. 녀석이 거품이 가득 핀 자신을 보고 있다 물었다.

"그럼 나한테 어울리는 건 뭔데?"

나는 거품을 한 움큼 쥐고 녀석의 코에 바르고는 녀석을 향해 입 끝을 살짝 올리며 웃어 주었다.

"그거야 좀 뻔뻔하다 싶게 할 말 다 하고, 해 달랠 거 다 해 달래고, 헤헤 웃기나 하는 거지."

내 말을 들은 녀석은 금방 만족스러운 얼굴이 되었다.

"내가 그렇게 보였어? 그럼 나름 성공했네."

나는 입술을 툭 내밀며 깐죽거렸다.

"원래는 안 그런 거처럼 말하네."

녀석이 눈썹을 살짝 치켜 올리며 고개를 까닥까닥했다.

"뭐, 내가 좀 밝고 명랑하긴 하지. 그런데 나 나름 엄청 노력한 거다. 그리고 너 온다고 한 첫날은 얼마나 긴장했는데. 티 안 내려고 초등학교 1학년 때부터 아껴 둔 힘까지 다 짜냈다니까. 원래는 아침에 엄마 있을 때 일 본 다음에 기저귀를 차고 있는데 솔직히 기저귀 큰 거 차고 바지 입으면 보기 싫고 이상하거든. 그래서 너한테 잘 보이고 싶어서 엄마보고 기저귀도 빼 달라고 했어. 오늘 같은 일 생길 줄 알았으면 그냥 찰 걸 그랬나 봐."

녀석이 부끄러운 듯 얼굴이 살짝 발개졌다. 이상한 일이었다. 이 원수 같은 녀석이 조금도 밉지 않았다. 아 — 이건 좋지 않아. 위험해! 이런 느낌 진짜 별로야. 마음속 어딘가에서 경계경보가 삐뽀삐뽀 울리기 시작했다. 나는 일부러 한껏 퉁명스럽게 입을 열었다.

"우리가 뭐 소개팅했어? 뭘 긴장까지 해. 어차피 밥 배달 온 짱깨한테."

"너한테야 그렇겠지. 밥 한 끼 먹여 주고 시간당 오천 원 받는 아르바이트. 그 이상도 이하도 아니겠지. 그런데 나는 좀 달라. 나 중학교 때, 신호 위반하고 달려오는 차에 받히는 사고 후로 이렇게 또래랑 어울리는 거 첨이야. 병원에 육

개월 넘게 입원해 있다 집에 온 후부터 본 거라곤 엄마랑 이 집 안밖에 없어. 나한테 이 한 시간은 지난 삼 년 동안 내가 잃어버린 것 중에 제일 중요했던 걸 채워 주는 시간이야."

삼 년이란 말이 가슴에 들어와 박혔다. 삼 년이라니. 나랑 똑같잖아. 아빠가 날 버린 게 딱 삼 년 전이다. 나도 삼 년 동안 친구 따윈 없었다. 내가 잘 곳이 없을 때, 내가 배가 고플 때, 내가 울 때, 날 도와준 건 오직 사장님뿐이었다.

"친구가 뭐 중요해? 그깟 거 아무짝에도 쓸모없어. 친구가 뭐 밥 먹여 주냐. 그리고 넌 엄마라도 있잖아. 난 엄마도 없고 아빠는 날 매일 두들겨 패다 지겨웠는지 어느 날 날 버리고 집까지 나가 버렸어."

난 거품을 씻어 내리며 마치 남의 일처럼 내 얘기를 했다.

"그 대신 넌 마음껏 쓸 수 있는 몸이라도 있잖아."

녀석이 내 눈을 피하며 고개를 숙였다.

"하긴 그러니 내 손으로 밥이라도 벌어먹지. 그럼 엄청 감사해야겠는걸."

나는 일부러 말꼬리를 늘리며 비아냥거렸다. 녀석이 금방 미안한 얼굴이 되었다.

"아니, 그건 아니고, 그냥…… 나도 너랑 같이 뛰어놀 수 있었으면 좋겠어서. 그리고 요즘 알았는데 친구가 밥도 떠

먹여 주더라. 마음은 덤으로 배부르게 해 주고."

녀석은 계속 미안한지 우물쭈물하며 천천히 얘기했다. 녀석의 그 표정이 너무 아파서 화가 났다.

"내가 왜 네 친구야!"

나는 짜증을 내며 소리쳤다. 그런데 녀석은 조금도 주눅 들지 않고 단단한 표정으로 입을 열었다.

"넌 아니라도 난 그래."

녀석의 당당한 말투에 나는 아무 말도 할 수 없었다. 그저 녀석의 몸에 남은 거품을 씻어 낼 뿐이었다. 한동안 서로 아무 말도 하지 않았다.

"내 몸이 싫은 건 아니야."

먼저 입을 연 건 녀석이었다.

"누가 뭐래."

내가 조그맣게 대꾸했다.

"그냥 이렇게 지금 너를 힘들게 해도 난 미안해 하지 않을 거야. 왜냐하면 나도 분명 너한테 줄 수 있는 게 있을 거야. 그게 어떤 건지는 몰라도."

녀석이 꼭 다짐하는 얼굴로 나를 쳐다보았다.

"내가 언제 뭐 해 달래. 너한테 바라는 거 없거든."

나는 수도꼭지를 잠그고 샤워기를 걸었다.

"너는 이해 못 할지 모르지만 난 미안해도 안 미안하고 창피해도 안 창피해야 해. 그래야 살 수 있으니까."

녀석의 눈밑이 조금 붉게 충혈되었다. 나는 모른 척하고 수건을 꺼내서 녀석의 몸에서 물기를 닦아 냈다. 그러고는 녀석의 몸을 번쩍 안고 방으로가 뉘였다. 나는 녀석을 눕힌 다음 귓가에 대고 작게 속삭였다.

"네가 잘못한 건 하나도 없어. 다친 게 네 탓도 아니잖아. 그러니까 미안해 할 것도 창피해 할 것도 없어."

녀석이 눈을 질끈 감았다. 꽉 다문 눈가에서 투명한 빛이 반짝거리며 흘러내렸다. 한참을 그러고 있더니 녀석이 울먹이는 소리로 나에게 이야기했다.

"너도 잘못한 거 하나도 없어. 아빠가 널 버린 게 네 탓도 아니잖아. 그러니까 그렇게 항상 화나서 자신을 미워하지 마."

아무런 대꾸도 하지 않고 돌아서서 화장실로 들어갔다. 그러고는 아까 벗긴 바지를 물로 헹궈내고 세탁기에 집어넣었다. 나는 아무 말도 안 들은 것처럼 녀석에게 물었다.

"야, 기저귀 어딨어?"

손에 묻은 물기를 털며 방 안을 둘러보았다.

"됐어, 그냥 옷만 입혀 줘."

녀석이 싫다고 고개를 흔들었다.

"그 꼴을 보이고도 아직까지 나한테 잘 보이고 싶냐. 어디 있는지 얼른 말이나 해."

"그거 차면 진짜 웃긴데, 에잇, 나도 모르겠다. 저기 장 열면 바로 보여."

나는 기저귀를 꺼내 녀석에게 채워 주고 옷을 새로 꺼내서 입혀 주었다. 녀석이 꼭 금방 태어난 아기처럼도 보였다. 이 녀석 표현대로라면 난 이 녀석이 밉지 않아도 미워야 한다. 지금 내가 느끼는 이 느낌, 이건 정말 곤란하다.

"너무 늦어서 어떡해? 벌써 두 시간은 훨씬 넘은 거 같아."

그때서야 아차 싶었다. 전화기를 열어 보니 부재중 전화가 열 통도 넘게 와 있었다.

"이럴 줄 알았어. 이게 다 너 때문이잖아. 하여튼 내가 이렇지, 뭐."

나는 부리나케 배달통을 들고 밖으로 달렸다.

"내일 또 오는 거 맞지? 꼭 와야 해."

내 속을 아는지 모르는지 녀석이 신나서 소리쳤다. 으이구, 철없는 녀석. 뭐가 그렇게 좋다구. 나도 모르게 웃음이 조금 새어 나왔다. 가게에 들어갔더니 사장님과 사모님 얼굴이 단무지처럼 노랗게 떠 있었다.

"어떻게 된 거야? 전화도 안 받고 내가 아주 속이 다 타는 줄 알았잖아."

나는 태연하게 의자를 빼고 앉았다.

"그렇게 걱정이 되면 별로 멀지도 않은데 좀 와 보지 그랬어요."

"안 그래도 갈려고 했는데, 생각해 보니까 주소를 너한테 주면서 적어 놓지를 않은 거야. 호수 엄마한테 전화해서 물어보면 걱정할 게 뻔하니 물어보지도 못하고……."

사모님이 옆에서 팔짱을 끼고 사장님을 흘겨보더니 가방을 들고 바쁜 듯 가게를 나갔다. 에휴, 정말 사장님답다. 꼼꼼하게 일 처리하면 우리 사장님이 아니지. 나는 간단하게 있었던 일을 설명해 주었다. 사장님은 잘했다면서 별다른 말은 하지 않고 내 머리를 대견한 듯 쓰다듬어 주었다. 오후에 배달하는 내내 자꾸 녀석이 한 말이 떠올랐다. 내 잘못이 아니라던 그 말이 따뜻하게 마음에 흘러내렸다.

잘 달궈진 봄볕이 가지마다 입을 다물고 있는 꽃봉오리들을 일제히 터트려 올렸다. 라일락 향기가 바람을 타고 온 동네를 가득 메웠다. 잠바를 벗어 가게 안에 집어 던졌다. 드러난 팔뚝이 조금 허전하기도 하지만 어차피 오후가 되면 더 더워질 테니 괜찮을 것 같았다. 사장님이 어제 저녁 나를 부르더니 아르바이트 한 돈을 따로 챙겨 주었다. 나는 아무 말 하지 않고 그걸 받아 주머니에 챙겨 넣었다. 사장님한테 오늘 녀석의 점심은 무조건 짬짜면으로 하자고 했다. 생각해 보니 녀석에게 항상 짬뽕 아니면 짜장면만 가져다줬었다. 한 번에 둘 다 먹을 수 있으면 녀석도 더 좋아하겠지? 사장님한테 짬짜면과 볶음밥을 받아 배달통에 넣고 오토바이를 달렸다. 기분이 들뜨는 게 꼭 놀러 가는 것 같다. 녀석의 밥 시중을 들어 주러 가는 게 이렇게 즐겁다니, 아무래도 우려하던 일이 터진 것 같다. 방에 들어가니 녀석이 기다렸다는 듯 나를 반겼다. 바지를 보니 엉덩이 부분이 두툼한 게 기저귀를 찬 것 같았다. 그걸 보니 잘했다 해야 할지 안타깝다고 해야 할지 알 수 없는 마음이 들었다. 나는 얼른 표정을 감추고 어색하게 웃어 보였다.

"이 몸께서 오늘은 널 위해 새 메뉴를 가져오셨다."

녀석을 앉혀 놓고 배달통을 열어 짬짜면을 꺼내 보였다.

"엥, 이게 뭐야. 짬짜면이잖아."

녀석이 조금 실망스런 얼굴을 했다.

"왜, 한 번에 두 가지! 얼마나 좋아!"

나는 랩을 벗기며 녀석 앞에 떡하니 그릇을 내려놓았다.

"그러면 재미없단 말이야. 오늘 짜장면 먹고 내일 짬뽕을 기다리는 게 얼마나 행복한데, 이렇게 한 번에 둘 다 먹으면 일주일도 못 가서 둘 다 질린다고."

"헛, 그런 깊은 뜻이 있었냐? 그래 단순해서 미안하다. 내일부터는 다시 원위치할 테니 오늘은 그냥 먹자!"

비꼬는 듯한 내 말투에 녀석은 삐친 아이 달래는 누나처럼 사분사분 말을 이었다.

"에이, 왜 그래. 그냥 그렇다는 거지. 가끔 이렇게 둘 다 먹어도 좋아!"

녀석을 먹이고 나는 번개처럼 후다닥 밥을 먹었다.

"왜 그렇게 빨리 먹어? 어제 늦어서 오늘은 빨리 가야 돼?"

나는 대꾸도 안 하고 마저 그릇을 비우고 꿀꺽꿀꺽 물을 들이켜고는 잠시 밖으로 나갔다. 녀석은 알 수 없다는 얼굴로 나를 쳐다만 보았다. 다시 방으로 들어온 나는 녀석에게 외쳤다.

"밖에 가자. 날씨가 짱 좋아!"

녀석이 고개를 들고 어이없다는 듯 웃었다.

"어떻게 밖에 나가? 네가 날 업어도 내가 힘이 없어서 매달리지도 못해.”

나는 그런 녀석을 번쩍 들어 올려 발끝으로 문을 밀어서 열었다. 녀석은 이러지도 저러지도 못하고 내 눈치를 보며 곤란해 했다. 현관을 열고 밖으로 나갔다. 녀석은 눈이 부신지 한참을 눈을 찡그리다 내 오토바이 옆에 놓인 걸 보고는 아무 말도 하지 못했다. 나는 녀석을 그리로 데려가 가만히 내려놓았다.

“이거 뭐야? 어디서 났어?”

녀석이 고개를 좌우로 흔들며 나를 쳐다봤다. 화를 내는 건지, 좋아하는 건지, 표정을 읽을 수가 없었다.

“어디서 나긴. 오늘 샀다. 어제 아르바이트한 돈 받았거든. 십구만 원 달라는 걸 생떼 부려서 십오만 원에 샀지. 내가 아무래도 물건 값 깎는 데는 타고난 것 같다.”

녀석의 얼굴이 화나는 쪽으로 점점 변하는 것 같았다.

“누가 너보고 이런 거 사 달래? 한 달 내내 밥 먹을 시간 쪼개서 번 돈을 왜 이런 쓸데없는 데 써?”

녀석의 얼굴이 시뻘게졌다. 나는 그런 녀석을 태우고 천천히 휠체어를 밀고 골목을 빠져나갔다.

“생각해 보니까. 아르바이트를 한 게 아니더라고. 그렇다고 네가 돈을 돌려받을 리도 없잖아. 뭐 너 생각해서 이걸

산 건 아니고, 어쨌든 너한테 나온 돈이니까 너한테 주는 게 맞을 것 같아서."

골목을 벗어나니 학교에서 수업이 끝난 아이들이 친구들과 웃고 떠들며 나오고 있었다.

"내일부터 오지 마. 너한테 피해 주는 거 싫어."

고개를 숙인 녀석의 머리를 쓱쓱 문질렀다.

"내가 어떤 놈인데 피해를 봐. 걱정 마라. 나 그렇게 멍청한 놈 아니니까. 호수야, 그건 그렇고 날씨 정말 좋다. 이제 완전히 봄이야."

내 말에 아무 대꾸도 않던 호수가 고개를 들고 길가에 난 라일락 나무를 바라보았다. 봉우리를 터트린 라일락이 가지마다 환하게 피어 있었다.

"나도 첨에는 네가 아주 조금 미웠어, 나한테 하도 차갑게 하니까 무안하기도 했거든. 그런데 얼마쯤 지나고 알았어. 네가 짜장면이건 짬뽕이건 면을 조금 불려서 가져온다는 걸. 면이 너무 탱탱하면 내가 잘 못 씹고 떨어뜨리니까 일부러 그런 거지? 그 후부터는 네가 뭐라고 하건 난 그냥네가 좋았다."

나는 괜히 부끄러워서 화끈거리는 얼굴을 문지르며 녀석에게 더듬더듬 소리쳤다.

"뭔 소리를 하는 거야? 그냥 호수 네가 얄미워서 맛없는 거 줄려고 그런 것뿐이야."

녀석이 봄꽃처럼 활짝 웃음을 터트렸다.

달콤한 라일락 향기가 바람을 타고 우리에게 내려왔다.

모텔 스트로베리

모텔 스트로베리 502호, 돈은 더블, 대신 껌으로 풍선을 잘 부는 애가 필요함. 이게 전화를 건 손님의 요구사항이었다. 사무실 안에선 시간 대비 효율이 두 배라는 사실에 모두들 자신이 나가겠다며 소란이 일었다. 나름대로 합리적인 소장은 슈퍼에서 풍선껌을 여러 통 사 와 우리에게 나눠 준 후 풍선을 불게 했다. 고맙게도 어릴 때부터 유일한 간식이 풍선껌이었다. 풍선껌은 여러 가지 기능이 있었다. 일단 오래오래 씹을 수 있다. 그리고 지겨워지지 않도록 풍선을 불 수도 있다. 씹는 게 지겨우면 풍선을 불고 그게 터지면 다시 씹으면 되었다. 나와 언니는 적당히 단련돼 가는 턱 근육만큼 풍선 부는 스킬도 늘어 갔다.

풍선이 줄줄이 터졌다. 터진 껌 조각이 찢어진 고무처럼 여자애들의 입 주변에서 너덜거렸다. 여자애들이 마주 보며 깔깔거렸다. 혀에 대면 녹을 것 같은 웃음소리였다. 원색으로 색칠한 싸구려 플라스틱 가면보다 질기고, 얇고, 투명한 모두들 그런 '가볍고 즐거운 표정'이라는 가면을 쓰고 있었다. 우리들은 모두 여기까지 흘러들어 온 이유를 가려 줄 뭔가가 필요했다. 서로가 친해질 필요도, 깊은 속내를 보일 필요도 없었다. 마음을 나누는 것은 우리에게 어울리지 않았다. 사무실에서 일등을 했다. 태어나서 처음으로 일등이란걸 해 봤다. 조금은 감격스러웠다. 아 ― 진짜 이런 일등 따위에 감격하는 내가 꼴불견이야!

이름처럼 깜찍하고 달콤한 분위기는 아니었다. 어느 동네 구석에나 있을 법한 회색의 평범한 5층 건물이었다. 붉은 융단이 깔린 긴 복도를 지나 502호 앞에 섰다. 도대체 어떤 사람이기에 풍선껌 따위에 더블을 부르는 걸까? 노크를 하자 기다리고 있었다는 듯 문이 열렸다. 설마 손잡이 앞에 쪼그리고 앉아 있었던 건 아니겠지? 이거 혹시 변태 아니야? 신발을 벗고 남자를 따라 방으로 들어갔다. 엇, 신발을 돌려 놔야 하는데…… 이래 봬도 언제나 안전하게 나가기를 희망한다.

뚱뚱한 남자였다. 너무 뚱뚱해서 걷는 것도 힘들어 보였다. 꼭 풍선 같았다. 바늘만 있다면 이런 남자 따위는 한 방에 터트려 버릴 수 있을 거 같은데. 옷핀을 왜 돈 주고 사는지 알 거 같은 기분이었다. 조금 걷는 것도 힘든지 남자의 숨소리가 거칠어졌다. 뒤뚱거리며 돌아선 남자가 나를 뚫어지게 쳐다보았다. 이 남자는 정말 이상하다. 이렇게나 힘들어하면서 땀 한 방울도 흘리지 않는다. 표정도 읽을 수가 없다. 허연 얼굴이 매끈거리며 광채가 난다. 진짜 변탠가 봐. 누가 나에게 바늘 좀 쥐여 줘! 남자가 내 앞으로 뚜벅뚜벅 걸어오더니 홱 뒤로 돌았다.

"지퍼 좀 내려 줘."

"네?"

나는 얼떨결에 네 뒤에 물음표를 붙이고 말았다.

"양복 깃을 들어 보면 지퍼가 보일 거야, 좀 내려 줘."

몸매와 어울리는 굵은 저음이 방 안에 울렸다. 사무실에서 일하는 아이들은 이런 목소리를 느끼한 목욕탕 메아리라고 이름 붙였다. 똑같은 서비스를 요구해도 더 징그럽다는 게 공통의 주장이었다. 나는 이 일을 평생 할 생각은 절대 없지만, 그렇게 말하는 건 역시 프로의식에 어긋난다고 생각해서 입을 다물고 있었다. 하지만 징그러운 건 징그러운 거다. 이런 양복에 무슨 지퍼가 달려 있다는 건지? 장난하자는 건가 생각하며 깃을 들어 올리니 거기에는 정말 지퍼가 달려 있었다. 살들 때문에 팽팽하게 당겨진 지퍼는 잘 내려가지 않았다. 얼마나 끙끙거리며 내렸는지 손톱이 부러졌다. 야매로 삼천 원에 한 네일아트도 같이 부러졌다. '이봐, 이건 좀 너무하잖아. 핑크색 물방울들이 얼마나 탐스러웠는지 알아?'라고 생각하는데 열린 지퍼 사이에서 북슬북슬한 털들이 삐져나오기 시작했다. 옷 속에 동물 옷을 입었나? 코스프레 마니아? 그래서 그렇게 뚱뚱해 보였나? 그런데 왜 이렇게 털이 리얼해! 버벅거리던 지퍼가 등 밑으로 내려오자 한 번에 엉덩이 밑까지 쫙 내려졌다.

"이제 됐어. 내가 벗을 수 있겠어."

"아, 네. 알았어요."

나는 한 걸음 물러서서 남자를 지켜보았다. 남자는 양복에서 양팔을 빼더니 다리도 마저 뺀 다음 머리에 쓰고 있던 것을 벗었다. 그러니까 머리부터 발끝까지 허물을 벗었다는 표현이 맞는 거 같다. 그리고 그 속에서 나온 건 남자라기보다는 수컷이라고 부르는 게 맞을 판다였다. 온몸의 털이 땀으로 젖은 판다는 벗어 놓은 허물을 옷걸이에 걸어 놓고는 의자에 걸터앉았다.

"이봐, 이리 와서 앉지그래."

지금 너 같으면 앉을 기분이겠냐? 이건 뭐 변태보다 더한 손님이잖아. 나에게 뭘 시킬 셈일까? 가방을 껴안은 채 의자에 앉아 탁자만 뚫어지게 바라봤다.

"쳐다보기도 싫은가?"

"아니에요. 손님은 손님이니까요."

이, 빌어먹을 프로의식! 이런 곳에서 발휘되면 곤란해. 하지만 502호에 문을 열고 들어온 순간 나에겐 선택의 여지가 없었다. 일단 판다를 믿어 보기로 했다. 잘될 거야. 분명히! 동물원에서 댓잎 씹다 온 것처럼 귀엽게 생겼잖아. 그런데 도대체 어떻게 되는 게 잘되는 걸까?

"설마 그게 털옷은 아니겠죠? 그러니까 그 양복 입은 남자 안에 판다, 판다 안에 여자, 그런 거 말이에요."

"그런 기대를 했었나? 하지만 어쩌지. 이 털 속에 여자는 없거든. 저거 하나로도 벅차다고."

판다는 손가락으로 옷걸이에 걸려 축 늘어져 있는 허물을 가리켰다. 판다는 얼어붙어 두 손을 가방에서 떼지 못하는 나를 쳐다보며 한숨을 내쉬었다.

"이봐. 긴장 좀 하지 말라고, 나까지 전염되잖아. 나 만만한 판다니까 편하게 있어도 돼. 몹쓸 짓을 시키진 않아. 일단 말부터 놓을까? 그래, 그러는 게 좋겠군. 지금부터 반말하도록 해."

"그럴 수는 없어요. 손님."

"그럴 수는 있어요. 언니."

내 말 뒤에 이어 붙인 자신의 말장난이 마음에 드는지 판다 씨는 유쾌하게 담배에 불을 붙였다. 솔직히 그 말장난은 구려요 판다 씨. 하지만 난 친절하니까, 마구 웃어 주었다. 그래 그렇게 원한다면 반말도 해 주지.

"그럼 판다 씨라고 불러도 될까?"

"좋아. 그럼 나는 뭐라고 부를까?"

"난 그냥 1이라고 불러."

"왜? 너무 삭막하잖아."

"어쨌든 2보다는 먼저고 다음에 혹시라도 날 찾게 된다면 기억하기 쉬울 거 아냐."

물론 일단은 여기를 안전하게 나간 다음의 얘기지만 말이야.

"그쪽의 의견을 존중해서 1이라고 부르기로 하지. 그럼 이제 본격적으로 1에게 부탁해 볼까? 이 껌으로 풍선을 불어 달라고 말이야."

판다 씨는 한 통의 껌을 건네주었다. 아카시아 껌이었다. 이러면 곤란하다고. 이건 풍선껌이 아니잖아. 하지만 여기서 풍선을 안 불면 더 곤란해지겠지. 나는 본능적으로 최선을 다해 열심히 불어야 한다고 생각했다. 껌 종이를 하나씩 까기 시작했다. 그러고는 껌들을 겹겹이 쌓아서 한입에 넣었다. 입안에서 툭툭 부러지던 껌들이 침에 섞여 서서히 하나의 덩어리가 되어 갔다. 아카시아 향이 가득한 단물을 빨기 시작했다. 꽃보다도 더 꽃 같은 향기가 나와 판다 씨를 감싸며 퍼졌다. 판다 씨는 부러운 듯 나를 쳐다봤다. 가는 수염이 파르르 그 끝을 떨었다. 그렇게 부러우면 자기가 불면 되지. 저 황홀한 표정은 뭐야? 어느 정도 단물이 빠진 껌을 입안에서 혀로 밀어 바람을 불어 넣었다. 자 ― 커져라 커져! 둥그런 풍선이 얼굴만 하게 부풀어 올랐다. 물론 판다가 아니라 내 얼굴만 하다는 거다.

"오호! 1은 생긴 것보다 풍선을 잘 부는군. 마음에 들어."

'내 생긴 게 어떤데 그런 말을 하는 거야?'라고 따지고 싶지만 난 프로니까 손님에게 그런 실례가 되는 말은 하지 않는다. 손뼉까지 치며 즐거워하는 판다 씨를 위해 입안이 얼얼하도록 풍선을 불어 댔다. 크게 더 크게. 얼마나 풍선을 불어 댔을까? 더는 못 하겠다 말하려는 순간을 미리 알고 있었던 거처럼 판다 씨는 바로 그 순간 1초 앞서 나를 보며 그만해도 된다고 했다. 분명 다른 곳에서도 이런 짓을 했던 게 틀림없다. 그것도 한두 번이 아닐 것이다. 그렇지 않고서야 내 표정을 이렇게 잘 읽어 낼 리가 없다.

"이해할 수 없어."

"뭘 이해할 수 없단 소리야?"

"어째서 인간은 그렇게 불합리한 거지?"

"어떤 점이?"

"싫다고 울면서 매달리는 아이를 억지로 침대에 눕혀 혼자 자도록 해 놓고 기껏 그런 일에 익숙해지다 못해 편해지는 어른이 되면 결혼이란 걸 해서 당연하다는 듯이 둘이 한 방을 쓰잖아."

판다 씨는 의자에 걸터앉아 심각한 표정으로 담배를 피웠다. 가뜩이나 검은 눈 주위가 한층 더 움푹 들어가 보였다. 창문으로 비치는 건물과 건물 사이로 짙은 담배 연기가 신기루처럼 피어올랐다.

"아무리 훈련해도 결국 혼자 자는 건 외롭다는 걸 깨닫게 되나 보지. 그런데 그런 소릴 할 거면, 아예 결혼은 왜 하냐고 따지지그래."

"나는 그렇게 생각하지만 인간들은 다른 거 같더군. 적당한 거리라는 게 살아가면서 꽤 중요한 모양이야. 내 편이란 건 중요하잖아. 너무 가깝거나 멀지 않게 늙어 가면서 외로움을 함께 해결해 갈 동료가 필요한 거지. 같은 공간을 공유할, 쓸 만한 인간을 말이야. 웃기는 건 그렇게 이것저것 재보고 결혼해도 모두들 후회란 걸 하지만 말이야."

판다 씨의 콧구멍에서 연기가 힘차게 뿜어져 나왔다. 자신이 한 말이 꽤 마음에 들었나 보다.

"그런데 판다 씨는 부르주아들하고만 어울렸나 봐?"

"왜 그렇게 생각하지?"

"어릴 때부터 자기 방을 갖는 아이는 별로 없어. 우리 집만 해도 내가 집을 나오기 전까지 언니와 한방을 썼었거든. 판다 씨야말로 인간에 대한 왜곡된 생각을 갖고 있는 거 아냐?"

판다 씨의 담뱃갑에서 한 개비의 담배를 꺼낸 후 불을 붙였다. 판다 씨는 내 손에서 담배를 뺏어 재떨이에 꺼 버렸다. 보수적인 판다 씨, 쳇.

"1이야말로 시대에 뒤떨어져서 자랐나 보군. 부부들이 아이를 하나만 낳게 된 게 어제오늘 일인가? 벌써 몇 십 년도 더 된 악순환 아닌가? 요즘 같은 시절에 자기 방도 못 갖는 아이는 자네 정도라고. 자네야말로 특별하게 가난한 거야.

1의 특수한 경험을 성급하게 일반화시키지 말라고. 어쨌든 기하급수적으로 줄어드는 인구 덕분에 나같이 의심스러운 존재도 이렇게 활개를 치고 다니지 않나?"

판다 씨가 의자에서 미끄러져 엉덩방아를 찧었다. 순간 뱃살이 출렁거리며 충격을 흡수했다. 의자에 비집어 넣기에 그의 엉덩이는 너무 컸다. 때문에 어정쩡한 자세로 걸터앉아 있다 보면 털들 때문에 미끄러져 자꾸 바닥으로 떨어졌다. 판다 씨는 곧 일어나 다시 의자에 걸터앉았다. 그의 짧은 다리가 바닥에 닿지 못하고 허공에서 버둥거렸다. 어째서 저렇게 하면서까지 의자를 고집하는지 묻고 싶었지만 손님에게 기분을 상하게 할 수 있는 개인적인 질문은 금지되어 있었기 때문에 할 수 없이 참기로 했다.

판다 씨가 의자에서 달랑 뛰어내리자 바닥이 살짝 울렸다. 방심하고 앉아 있다 엉덩방아를 찧을 때와는 그 소리가 달랐다. 같은 몸무게인데도 몇 배는 차이가 나는 듯싶다. 저렇게 달랑 뛰어내릴 때의 판다 씨의 무게는 모두 어디에 숨어 있는 것일까? 판다 씨가 침대로 가 엎드려 누웠다. 둥그런 엉덩이에 달린 꼬리가 양 옆으로 살랑살랑 흔들렸다. 저건 좋다는 표현이겠지? 침대 위에서 뭉그적거리던 판다 씨가 몸을 뒤집어 앉더니 나를 쳐다봤다.

"이리 와, 내 옆으로."

　판다 씨의 눈빛이 살짝 바뀌었다. 난 왜 이럴 때만 눈치가 빠른 걸까. 하지만 여기서 내가 긴장하면 안 돼! 절대 판다 씨가 눈치채도 안 돼! 슬금슬금 침대 위로 올라갔다. 판다 씨가 자리를 조금 비켜 주어 옆으로 가 앉았다. 판다 씨가 다가왔다. 동그란 콧구멍에서 콧김이 퐁퐁 올라와 내 얼굴을 간지럼 태웠다. 순간 웃음이 나왔지만 뭔가 울고 싶었다. 침대 머리맡에 기대앉은 내 옆으로 바싹 달라붙은 판다 씨는 고개를 숙이고 내 허벅지로 손바닥을 가져다 댔다. 그러고는 머리를 허벅지 쪽으로 향했다. 으— 어떡해, 변태 판다 놈. 그럴 줄 알았어. 가난이 나에게 도움이 될 리 없지! 엄마가 일 나갈 때 백 원만 더 줬어도 풍선껌 따위는 씹지도 않았을 텐데. 괜히 풍선껌은 잘 불어서 이런 일을 당하다니.

　판다 씨가 허벅지에 코를 갖다 대더니 냄새를 맡았다. 뜨거운 콧김이 허벅지 안쪽으로 파고들어 살갗이 축축해졌다. 닭살이 오스스 돋았다. 설마 닭살 돋은 거 갖고 트집을 잡지는 않겠지? 어, 어떡하지? 지금이라도 일어날까? 더블은 필요 없으니, 아니 그냥 저 문을 열고 나가게만 해 주면 난 만족해요. 풍선껌 따위는 다시는 안 씹을 거야. 판다 씨가 허벅지를 베고 누워 나를 쳐다봤다. 난 어떤 결심이 필요하다고 생각했다.

"털 골라 줘!"

"뭐, 뭐라고요?"

"내가 등을 돌려 엎드릴 테니까, 털 골라 달라고."

판다 씨가 내 허벅지를 벤 채로 뒤로 돌아 엎드렸다. 침대에서 뒹굴거려 엉켜 붙은 털이 등짝 여기저기에 뭉쳐 있었다.

"뭐해, 털 고르라니까. 뭉친 부분 좀 신경 써서 골라 줘."

"네! 걱정 말아요. 이래 봬도 풍선 부는 거 다음으로 자신 있는 게 털 고르기랍니다."

"왜 이렇게 들떠서 말하는 거야? 털 고르라는 게 그렇게 좋아?"

'좋아, 좋아 너무 좋아!'

신나게 콧노래까지 부르며 돌아누운 판다 씨의 등에서 뭉친 털들을 고르기 시작했다. 등짝이 넓어 여기저기 뭉친 부분이 생각보다 많았다. 한 가닥 한 가닥 뽑히지 않게 조심해 가며 부러진 손톱에 긁히지 않게 손가락 끝으로 빗어 내렸다. 털들과 털들 사이로 길이 나자 빛을 받지 못한 흰 살들이 드러났다.

털을 골라 낼수록 손끝과 털들 사이에서 익숙한 냄새가 났다. 코끝이 찡해지는 그리운 냄새였다. 한참이 지나서야 그 냄새가 학교에서 맡던 풀 냄새임이 떠올랐다. 운동장과 건물 사이로 난 길의 양옆을 채웠던 풀 냄새. 내가 기억하는 학교는 아이들이나 선생님보다, 언제나 풀 냄새가 먼저였다. 어떻게 이 냄새를 잊고 있었을까? 유일하게 학교를 가고 싶었던 이유기도 했는데. 운동장의 흙먼지 틈으로 비집고 들어오던 낮은 허밍 같은 냄새는 내가 학교를 견뎌 낼 수 있었던 유일한 격려였다. 얼마나 털들을 골랐을까? 털들이 손가락 사이로 물 흐르는 것처럼 부드럽게 빗겨졌다. 판다 씨는 기분 좋은 듯 코까지 골며 잠이 들었다.

판다 씨의 머리를 살짝 들어 베개를 끼워 넣고는 허벅지를 뺐다. 골라 낸 털들을 손바닥으로 쓸어 내서 동그랗게 비볐다. 금세 커다란 덩어리가 되었다. 나는 침대에서 내려와 그 털 뭉치를 가방에 살며시 집어넣었다. 그리고 의자에 앉아 창밖을 쳐다보았다. 정말 오랜만에 오로지 하늘을 쳐다보기 위해 고개를 들었다. 하늘 끝이 오렌지 빛으로 물들기 시작했다. 내게 오렌지 빛은 기다림이었다. 하굣길에 언니를 기다릴 때마다 교문 앞에서 지겹게 보아 왔기 때문이다.

그 기다림엔 새콤달콤함도 있었다. 마치 오렌지처럼. 5학년이 되자 언니의 주머니에는 언제나 캐러멜이나 과일 맛 사탕이 넘쳐 났었다. 그 주머니의 모든 것은 나만을 위한 것이었다. 집으로 오는 길은 언제나 즐거웠다. 그것이 정당한 대가를 치르지 않은 장물이라는 것은 얼마 지나지 않아 알게 되었다. 언니는 내 눈앞에서 슈퍼마켓 주인 여자에게 개처럼 질질 끌려 집까지 갔다. 나는 울면서 언니 뒤를 쫓았었다. 언제나처럼 엄마와 아빠는 일하러 갔었기 때문에 집은 텅텅 비어 있었다. 여자는 언니와 나를 세트로 도둑으로 몰아붙이며 동네에 다 들리도록 소리를 질러 댔다. 하지만 동네는 한 집 걸러 한 집, 우리 같은 애들이 넘쳐 났고 이 시간에 집에 있는 건 아이들뿐이었다. 모두들 토끼장 같은 단칸방에서 고개만 내밀고 킥킥거렸다. 여자는 재수 옴 붙었다는 표정으로 언니 얼굴에 침을 뱉고는 따귀를 날렸다. 몸집이 작은 언니는 위에서부터 내리치는 따귀를 제대로 맞고 옆으로 나뒹굴었다. 여자는 속이 시원한 표정으로 욕을 퍼부으며 동네를 떠났다.

오로지 나만을 위한 것이었다. 언니는 단것을 그렇게 좋아하지 않았다. 풍선껌 하나의 단물로도 충분히 만족하던 사람이었다. 탐욕스럽게 단것만 찾던 내 혀가 언니를 그 꼴로 만들었다는 것을 어린 나이에도 어렴풋이 느낄 수 있었다. 언니 옆에 가서 가만히 쪼그려 앉아 있었다. 언니는 그렇게 세게 맞고도 눈물 한 방울 흘리지 않았다. 조금 있자 언니는 언제 그랬냐는 듯이 바지를 털고 일어나더니 바지 속으로 손을 집어 넣어 뭔가를 찾기 시작했다. 한참을 뒤적거리던 언니는 주먹을 꺼내 내게 펼쳐 보이며 웃었다. 혀처럼 붉은 딸기 맛 사탕이었다. 나는 한참을 언니 눈치를 보며 선뜻 그것을 받지 못했다. 언니는 나를 일으켜 세우더니 사탕을 손 안에 쥐여 주었다.

"이건 훔친 거 아냐. 내가 내야 할 돈만큼 맞았으니까. 걱정 말고 먹어도 돼."

언니가 왜 웃었는지 그제야 알 수 있었다. 나는 언니 손에서 사탕을 받아 입에 하나 넣고는 언니 입에도 하나 넣어 주었다. 눈물과 땀으로 범벅이 된 손으로 집어서인지 첫맛이 짭짤했다. 짠맛을 먼저 봐서 그랬을까? 그전에 먹었던 어떤 사탕보다 달콤했다. 너무 질리도록 달콤해서였을까, 그 이후로 나는 단맛에 흥미를 잃어버렸다. 언니처럼 풍선껌 하나의 단물로도 만족하게 되었다. 그 이전으로도 그 이후로도 학교를 다니던 내내 나에게 친구 같은 것은 없었다. 모질고 욕심 많던 내 옆에 있어 준 건 언니뿐이었다.

"1! 뭐하고 있어?"

판다 씨가 침대에 걸터앉아 나를 쳐다보고 있었다.

"언제 일어났어? 코까지 골며 달게 자서 일부러 안 깨웠어."

나는 고개를 돌려 판다 씨의 시커먼 털이 뒤덮인 눈을 바라보았다.

"요즘 잠을 통 못 잤거든. 1 덕분에 잠깐이지만, 오랜만에 푹 잤어. 역시 껌으로 부는 커다란 풍선은 최고야."

판다 씨는 아까 보았던 풍선이 생각나는지 입으로 풍선을 부는 시늉을 했다.

"에― 그게 잠이랑 상관이 있어?"

"에― 그게 잠이랑 상관이 있어!"

판다 씨가 어깨를 으쓱해 보였다. '있다는데 내가 뭘 어쩌겠어'라고 아무리 생각하려 해도 궁금한 건 참기 힘들었다.

"왜 하필 껌으로 부는 풍선이야?"

"왜 하필 껌으로 부는 풍선이 아니면 안 되는데?"

나도 판다 씨를 따라서 어깨를 으쓱해 보였다.

"금방 터져 버리잖아. 그렇다고 끝을 묶어서 두고 볼 수도 없잖아."

"너에겐 그런 게 없어? 어릴 때부터 갖고 싶었지만 한 번도 손에 넣을 수 없었던 것."

판다 씨가 검은 눈을 가만히 내리깔고는 귀를 만지작거렸다.

"그런 게 뭐 한두 갠가! 내가 왜 이런 일을 한다고 생각하는 거야? 가진 것보다 가지고 싶은 게 훨씬 많아서일 게 뻔하잖아."

나는 입술을 삐죽거리며 이마를 찌푸렸다.

"아니, 아니, 처음을 잘 생각해 봐. 처음으로 순수하게 욕망했던 걸 말이야."

나는 언니를 생각했다. 그녀의 혀를 빨갛게 물들이던 사탕을 입안에서 뺏어서 내 입안에 집어넣었다. 아, 그랬다. 그 이후였다. 언니가 나에게 사탕을 쥐여 주게 된 건.

"난 빨간 사탕이 갖고 싶었어. 하지만 그건 언니의 입안에서 녹을 때만 탐났었어. 어떻게 보면 난 내가 원하는 걸 처음부터 가질 수 없었던 거지."

판다 씨가 담배에 불을 붙이더니 깊게 빨아들였다. 흰 담배 연기가 그의 양쪽 콧구멍으로 뿜어져 나왔다.

"욕심쟁이였군, 내가 왜 껌으로 부는 풍선을 좋아하는지 궁금해? 사실 솔직히 말하면 난 껌으로 부는 풍선을 경멸

해. 하지만 네가 언니의 입에서 녹는 사탕만 탐냈던 것처럼 나도 입안에서만 부풀어 오르는 풍선이 보고 싶을 뿐이야."

나는 의자를 판다 씨에게 끌어당기며 바짝 다가갔다.

"왜?"

"내가 말해 주면 1이 날 비웃을 거야."

판다 씨가 고개를 좌우로 가볍게 흔들어 댔다.

"절대 그러지 않겠다고 약속해!"

나는 커다랗게 고개를 끄덕거리며 새끼손가락을 내밀었다. 판다 씨는 졌다는 듯이 한숨을 내쉬더니 입을 열었다.

"내가 어릴 때 일요일마다 나를 구경 오던 여자아이가 있었어. 그 아이는 도톰하고 붉은 입술로 언제나 껌을 씹고 있었지. 바람이 불 때면 꽃잎보다 달콤한 냄새가 우리 안까지 흘러들었어. 그 향기를 맡고 싶어서였는지 그 아이가 보고 싶어서였는지 난 언제나 일요일이 기다려졌지. 꽃들이 고개를 숙인 채 바닥에 떨어져 쌓이기 시작할 때였어. 구경 온 아이는 그날도 껌을 씹고 있었지. 그날따라 껌을 하나하나 까서 입안에 넣더니 한 통을 다 씹더군. 오물거리는 작은 볼이 볼록 튀어나올 정도였어. 아이는 작정을 한 듯 한참을 껌을 씹더니 그걸 뱉어서 손바닥에 올려놓고 둥글게 굴리기 시작하더라고. 그러고는 엄마 손을 잡고 집에 갈 때 나를 향해 그 덩어리를 있는 힘껏 던지는 거야. 난 그 껌을 잡고는 입에 넣으려 했어. 하지만 껌 덩어리는 입에 넣기도 전에 털에 달라붙어 떨어지지 않았지."

담배의 재가 지는 꽃잎처럼 바닥에 툭 떨어졌다.

"근데 이야기의 어디서 내가 비웃어야 하는 거야?"

나는 휴지에 물을 적셔 떨어진 재를 닦아 냈다.

"그게 돈을 벌기 시작하면서 난 일부러 돈을 주고 껌을 씹게 했지. 입안이 얼얼하게 껌을 씹고 풍선을 불어 대는 얼굴을 보며 어릴 때 기다렸던 아이의 얼굴에 씹던 껌을 뱉는 상상을 했어."

나는 별거 아니라는 듯이 판다 씨의 허리를 긁어 주었다.

"훌륭하지는 않지만 비웃을 정도도 아닌데, 뭐."

판다가 다리를 꼬고 앉아 다시 담배에 불을 붙였다.

"지금도 잠이 안 오면 가끔 생각해. 그건 선물이었을까? 모욕이었을까?"

"아이의 생각은 중요치 않아. 판다 씨가 그때 느꼈던 감정이 정답이야."

판다 씨는 더 알 수 없다는 표정으로 고개를 갸웃거렸다.

나는 화장실로 들어가 물을 틀었다. 거품이 보글보글 부풀어 오르는 비누로 손을 씻으며 열린 문틈으로 소리쳤다.

"그런데 판다 씨 불면증인가 봐?"

"지금 하는 일을 시작한 후로는 그렇게 됐어."

판다 씨도 나를 따라서 큰 소리로 대답했다. 웬만하면 참 겠는데 판다 씨가 무슨 일을 하는지 정말 궁금해서 견딜 수 가 없었다. 결국 금기를 깨기로 결심했다.

"무슨 일이길래 잠까지 못 자게 된 거야?"

"듣고 싶어?"

"어!"

나는 목젖이 보일 정도로 크게 입을 벌려 대답하며 다시 의자로 돌아왔다.

"내가 판다라고 별다른 건 없어. 그냥 하고 싶은 일과 할 수 있는 일의 괴리감 때문이야. 누구나 그러지 않나?"

"뭐, 다라고 할 순 없지만 대부분이 그렇긴 하지. 당장 나 만 하더라도 그러니까."

"처음 서울에 있는 동물원에서 방출됐을 때는 정말 눈 앞이 깜깜했지. 할아버지의 할아버지부터 살던 곳이었으니 까."

"엥? 서울 출신이었던 거야?"

"엥— 그럼 도대체 내가 배 타고 밀입국이라도 했을 거 라고 생각한 거야?"

"아니, 그렇다는 건 아냐."

"어쨌든 내가 살던 동물원이 부도가 나 파산하면서 거기 살던 동물들도 다 갈 곳을 찾아야 했지. 모두들 각자 살던 곳으로 돌아가거나 다른 곳으로 입양되거나 했지만 판다는 게으르다는 선입견 때문이었는지 어느 곳에서도 나를 맡아 주려 하지 않았어. 어느 날 사육사가 열쇠 꾸러미를 들고 와 문을 열어 주면서 한마디 하더군. 넌 자유다!"

"와— 어쨌든 자유란 건 좋잖아."

"태어나면서부터 주는 밥 먹고 편하게 놀기밖에 안 했는데, 자유라고 마냥 좋아할 순 없었지 않겠나?"

"그래서 어떻게 됐어?"

"나는 동물원 앞에 꽂힌 지역정보지를 꺼내 들고는 구인 란을 찾아보았지. 그러곤 지금 이 일을 찾은 거야."

"그게 뭔데?"

"해결사!"

"엥?"

"떼인 돈 받아드립니다. 몰라?"

"그러니까 사채업자를 찾아갔다는 소리야?"

"그렇지."

"하필이면 왜?"

"왜라고 물어도 할 말은 없어. 단지 그 시간에 그 장소에서 내 손에 잡힌 정보지를 펼치니 제일 먼저 눈에 들어왔다는 거밖엔."

"바로 찾아갔어?"

"아니, 그날은 동물원 앞에서 노숙을 하고 새벽에 출발했지. 오전 열시쯤 돼서야 사무실 문을 두드리고 들어갈 수 있었지. 사장은 나를 보더니 경험이 있냐고 묻더군. 나는 사람이 아닌데도 괜찮은 거냐고 물었더니, 오히려 사장이 왜 안 되냐고 되묻는 거야. 그래서 내가 구인란에 광고를 내지 않았냐고 했지. 구인의 인은 사람을 가리키는 것 아니냐고. 그랬더니 사장이 깜짝 놀란 표정으로 말하는 거야. '그게 사람이라는 뜻이었어?'"

"엥— 구인의 인이 사람이라는 뜻이었어?"

"너도 몰랐냐?"

"응, 모르면 부끄러워해야 해?"

"아니 꼭 그렇진 않지만. 뭐, 그거야 각자의 문제라고 생각하자고."

"그래서 일은 어떻게 된 거야?"

"사람과 동물을 구분하지 않는 사장 덕분에 사장이 빌려주고 떼인 돈을 받아 주기 시작했지. 사장이 나에게 건네준

목록에는 돈을 빌린 이의 이름과 떼인 돈의 원금, 그동안 쌓인 이자와 빌린 날짜가 주소와 함께 적혀 있었지. 워낙에 받기 힘든 상대들만 적어 놓은 목록이라 사장은 별 기대도 안 하는 듯했어. 그래서인지 인심 좋게, 받기만 하면 돈의 반을 나에게 준다고 하더군. 알고 보니 내가 받은 목록이란 게 굉장히 특이한 거였어. 사장이 받기 곤란할 만한 사람뿐이더라고. 가난하고 힘없는 사람들은 그냥 쳐들어가서 협박을 하거나 돈이 될 만한 건 다 뺏기만 하면 됐는데 목록의 사람들은 모두들 그렇게 간단하지 않았던 거지. 뒤에 거대한 정치가 있다든지, 빌려줄 땐 몰랐는데 알고 보니 깡패였다든지 그런 부류였어. 그런데 내가 일을 시작하자 상상도 못한 일들이 발생하기 시작한 거야. 떼인 돈의 회수율이 거의 90퍼센트를 넘기게 된 거지."

"어, 어떻게?"

"지금도 마찬가지지만 내가 무슨 협박을 하거나 흉포하게 군 건 절대 아니야. 단지 그 당시에 돈이 없어서 내 껍데기를 구할 수가 없었거든. 그래서 맨몸으로 벨을 누르고 집으로 들어갔었지. 처음 나를 본 사람들은 알 수 없는 표정을 짓다가, 내가 찾아간 용무를 말하며 돈을 내놓으라고 하자 깔깔거리며 웃기 시작하더군. 어떤 사람은 웃다가 떼굴 떼굴 바닥을 구르기도 하더라고. 내가 화를 내며 집 안의 집기를 집어 던지려 하거나 발로 차는 흉내를 내면 더 못 견뎌 하며 웃는 거야. 그다음은 나와 함께 사진 찍기를 원하던 사람도 있었고, 동물원에서 배운 재주를 한번 부려 보라던 사람도 있었지. 얼마면 돼? 얼마면 되냐고? 이러면서 나를 사려는 사람까지도 있었어. 그러고는 둥글둥글한 내 엉덩이를 몇 번 토닥거리다가 빌린 돈을 돌려주곤 했지. 이자까지 얹어서 말이야. 뭐 그 후론 탄탄대로였지."

판다 씨가 코 평수를 넓히며 자신만만하게 얘기했다.

"그럼 지금도 맨몸으로 돈 받으려 다녀?"

"힘들게 굳이 껍데기를 안 써도 주는데 뭐하러 쓰겠어. 잘 보일 필요도 없는 사람들이잖아."

나는 가볍게 판다 씨에게 눈을 흘겼다.

"사람보다 더 계산적이 됐구나."

"사람보다 더 사람 같아져야 그 사이에 껴서 살지 않겠어?"

판다 씨는 눈을 비비더니 기지개를 크게 켰다.

"잘은 모르겠지만 확실히 판다 씨는 옛날의 뭔가를 떠오르게 만드는 것 같아. 그런데 불면증은 왜 생긴 거야?"

창문 밖을 보니 노을이 붉게 번지고 있었다.

"글쎄, 돈이 쌓이다 보니 집도 사야 했고 차도 필요했지. 사람들과의 관계라고 해야 하나? 그런 것들도 신경 쓰이기 시작하더군. 껍데기를 구입한 후로 본격적으로 심해진 것도 같아."

판다 씨는 일어서더니 다리를 펴고 무릎을 두드렸다.

"그렇구나, 세상에 쉬운 일은 없지."

나도 하품을 늘어지게 한 다음 휴지를 떼어 코를 풀었다. 그러다 문득 깨달았다. 누군가와 이렇게 오래도록 이야기해 본 적이 없다는 것을. 그리고 누군가에게 이렇게 솔직한 속마음을 들어 본 적도 없다는 것을. 꾸미지 않고 솔직하게 마음을 드러내 보인 건 언니 이후로 처음이었다. 친구를 사귄다면 혹시 이런 기분일까?

"벌써 밖에 노을이 짙어지는군. 이만 나가야 할 거 같아."

판다 씨가 창밖을 보며 일어났다. 나는 판다 씨가 능글능글하고 뚱뚱한 남자껍데기를 다시 입도록 도와주었다. 형광등 푸른 불빛이 깜박거렸다. 판다 씨가 자신의 꼬리 같은 손잡이를 돌려 문을 열었다. 나는 그 뒤를 따라서 조용히 복도를 걸었다. 밖은 어두워지기 시작한 거리의 양옆으로 가로등이 하나둘씩 켜졌다. 판다 씨는 뒤뚱거리며 주차장으로 향했다. 나는 사무실로 걸어가다 집으로 가는 버스가 서는 정류장으로 방향을 바꿨다. 아까 가방에 넣어 둔 판다 씨의 털 뭉치를 꺼내 냄새를 맡았다. 그리운 풀 냄새가 폴폴 풀려나왔다.

나의 외투를
알아보는 법

디지털도어의 좋은 점이라면 가족들의 생일을 잘 기억하게 되었다는 것 정도이다. 번갈아 가며 가족들의 생일로 비밀번호를 교체하기 때문에 좋건 싫건 자동으로 머릿속에 입력됐다고나 할까. 가족의 수가 셋뿐인 관계로 비밀번호가 너무 단순 반복되는 것이 단점이라면 단점이었다. 엄마는 개선책으로 할아버지와 할머니의 생일까지 추가하자는 의견을 내놓았다. 하지만 이것은 가족에 대한 애정의 문제가 아니라 생활의 문제였다. 우리가 할아버지와 할머니의 생일을 잘 기억하게 되었다고 생일날 일부러 전화를 하거나 찾아가는 일은 일어나지 않았다. 1125. 이번 주는 아빠의 생일이다. 삐익 신호음이 울리고 문이 열렸다. 휴머니즘이 공존하는 첨단기술의 세계는 생각보다 따뜻하지만은 않다.

가방을 던져 놓고 주방으로 들어갔다. 식탁 위에 엄마가 만들어 놓고 간 샌드위치가 놓여 있다. 냉장고에서 주스를 꺼내 옆구리에 끼고는 샌드위치를 들고 거실로 나갔다. 텔레비전을 켜니 〈트로이전쟁〉이 한창이다. 헥토르의 방패가 아킬레스의 칼날을 힘겹게 버텨 내는 중이다. 어찌나 실감 나게 버티고 있는지 나까지 힘들어진다. 채널을 돌렸다. 그곳에선 아프가니스탄의 게릴라들이 전투를 벌이고 있다. 집들과 골목 사이로 뛰어가는 사람들 뒤로 총소리가 탕탕탕 들려왔다. 너무 먼 거리에서 찍어서 그런지 사람들의 표정도 읽을 수 없다. 사람들은 있는 힘을 다해 달렸지만 너무 느리게 느껴졌다. 나는 다시 채널을 바꿨다. 아프리카 초원에서 톰슨가젤이 뛰고 있다. 초원 먹이사슬의 최하위에 위치한 톰슨가젤은 인간보다 몇 배는 빠른 속도로 도망가고 있다. 그 뒤를 치타가 뒤쫓는다. 치타가 톰슨가젤을 낚아챘다. 많이 빠른 것도 아니었다. 걸음으로 치면 톰슨가젤보다 딱 한 발 앞선 느낌이었다. 딱 그 한 걸음 때문에 톰슨가젤은 치타에게 잡히고 말았다. 마치 커트라인 표를 보는 기분이었다. 딱 1점 때문에 합격이 결정되고 인생이 바뀌는 순간은 어디에나 존재한다. 치타는 갓 잡은 톰슨가젤을 제대로 맛보기도 전에 하이에나와 사자에게 뺏기기 시작했다. 치타는 서운한 듯 톰슨가젤에게 주둥이를 들이밀다가 낑낑거리며 한쪽으로 밀려났다. 어차피 치타도 초원의 먹이사슬에서 톰슨가젤의 바로 위일 뿐이다.

마치 실제처럼 생생한 영화와 실감 나지 않는 실제 전쟁의 중간 채널에는 동물의 왕국이 위치하고 있었다. 대부분의 사람들이 왜 동물의 왕국을 좋아하는지 알 것도 같다.

학원이 끝나자 자정이 가까워지고 있었다. 셔틀버스에서 내리니 뼛속까지 아린 바람이 머리채를 낚아챘다. 나는 외투를 바싹 당기고는 주머니에 손을 넣은 채 고개를 숙이고 지하도로 내려갔다. 천장에 매달린 형광등이 깜빡거렸다. 오늘도 그 남자는 박스를 깔고 지하도의 구석에 쭈그려 앉아 있었다. 남자의 옆에는 소주병이 굴러다녔다. 소주병은 마치 남자의 인생처럼 텅 비어 있었다. 물론 남자의 인생이 비었을 거라는 건 순전히 내 추측일 뿐이지만 남자에게 남아 있는 거라곤 이 추운 날씨를 피해 도망칠 수 있는 지하도 정도가 전부인 것은 분명해 보였다. 남자를 처음 본 것이 언제였는지 정확하게 기억나지 않는다. 어느 날부터였을까? 지날 때마다 나를 쳐다보던 남자의 눈빛을 모른 척할 수 없게 되었다. 남자는 불쌍한 듯 나를 쳐다보고 있었다. 언제나 그 이유를 묻고 싶었다. 누가 보아도 더 불쌍한 것은 내 쪽이 아니니까. 한동안은 남자의 눈빛을 피하다가 한동안은 눈싸움을 하듯이 남자를 뚫어지게 쳐다보았다. 남자는 다 불어터진 라면을 먹다가도 나만 지나가면 기다렸다는 듯이 불쌍하게 쳐다보기를 계속했었다.

남자의 옆을 지나갔다. 그런데 이게 무슨 일일까? 남자는 내가 지나가는 줄도 모르고 자고 있었다. 아니 정확하게는 자는 거처럼 보였다. 나는 잠깐 안도했다가 순간적으로 걱정이 솟아올랐다. 그도 그럴 것이 졸다가도 내가 지나가면 눈을 번쩍 뜨는 남자였다. 그런데 오늘은 내가 그 남자 앞에 서서 한참을 뚫어지게 바라보아도 계속 눈을 감고 있었다. 혹시 추운 날씨에 잠들었다가 얼어 죽은 걸까 하는 생각에 그의 코앞으로 다가가 귀를 대 보았다. 다행히 쌕쌕거리는 소리가 작게 들렸다. 한참을 그 앞에 서서 고민을 하다가 새벽에는 날씨가 더 내려간다는 일기예보가 생각났다. 나는 아무런 망설임 없이 외투를 벗어 그에게 덮으려 했다. 그때였다. 남자는 두 눈을 번쩍 뜨더니 외투를 덮으려던 내 손을 덥석 끌어당겼다. 나는 순간적으로 손을 빼려 버둥거렸지만 우악스러운 남자의 팔 힘에 바싹 당겨졌다. 남자가 나를 쳐다보더니 누런 이를 드러내 놓고 웃기 시작했다. 이때까지 맡았던 그 어떤 악취보다 독한 악취가 분수처럼 뿜어져 나왔다. 애써 고개를 돌리는 나를, 남자는 자신이 앉아 있던 자리에 주저앉히고는 일어섰다. 그러고는 내가 덮어 주려던 외투를 걸쳐 입었다. 남자가 나를 쳐다보았다. 웃고 있었다. 하지만 언제나처럼 여전히 내가 불쌍하다는 눈빛이었다.

"이 외투는 처음부터 내 것이었던 게 분명해."

남자는 나를 쳐다보며 동전을 던져 주듯 한마디 던지고는 지하도를 빠져나갔다.

어떻게 된 거지? 일어설 수가 없었다. 처음에는 어떻게든 일어나 보려고 노력했다. 뭔가를 이토록 절실하게 노력한 적은 처음이었다. 처음이라는 건 누구나 그렇듯 대부분 실패하기 마련인가 보다. 나 또한 그 법칙에서 벗어날 수 없었다. 얼마나 지났을까? 새벽이 돼서야 어렴풋이 알 수 있었다.

'이것은 나의 문제가 아니다. 이것은 순전히 자리의 문제다.'

그렇게 생각하자 조금은 여유가 생겼다. 지금의 어떤 행동도 이곳을 벗어나는 데 아무런 영향을 끼칠 수 없다는 걸 인정하게 되었다. 내 앞의 빈 바구니가 바람에 흔들거렸다.

분명 남자가 자신의 전 재산을 나에게 물려준 것은 분명

해 보였다. 지금 내가 할 수 있는 일이라곤 그 재산에서 그나마 내가 쓸 수 있는 것을 찾아보는 것뿐이었다. 바닥에 깔린 박스와 그가 덮었던 것처럼 보이는 천 조각, 그리고 천 뒤에 감춰져 있던 낡은 가방 하나가 다였다. 그래도 다행인 것은 그나마 한 겹인 줄 알았던 종이 박스와 천 조각이 몇 겹은 된다는 정도였다. 기상청 야유회에 비가 온다는 야유는 역시 뜬소문에 불과했다. 어제 보았던 일기예보가 이렇게 정확하게 맞아떨어지다니. 난 정말이지 운도 없는 놈이다. 새벽이 되자 기온이 급속도로 떨어지기 시작했다. 남자가 남기고 간 천 조각을 둘러쓰고 무릎을 바싹 붙여 앉았다. 얼마나 춥던지 지하도의 퍼런 형광등 불빛에 팔을 뻗어 손이라도 쬐고 싶었다.

남자는 왜 내 외투가 자신의 것이라고 했던 걸까? 의심할여지 없이 그 외투는 엄마가 지난겨울 백화점 시즌 세일 기간 중에 50퍼센트 할인을 받아 사 온 것이다. 그것은 정확히 나를 위한 목적으로 구입된 것이었다. 안쪽 주머니는 솔기가 터져 엄마의 수선을 기다리고 있었다. 지갑을 꺼낼 때마다 걸려서 그렇게 된 것이다. 그런 옷이 어딜 봐서 그의 외투란 걸까? 그것도 원래부터라니. 더 웃겼던 것은 외투를 입은 남자의 모습이었다. 정말 남자의 말처럼 처음부터 그의 옷이었던 듯 딱 맞았다. 외투는 그를 지하도에 자리 잡은 노숙자에서 지금 막 퇴근해서 지하도를 지나가는 회사원처럼 보이게 했다. 남자가 떠나며 나를 쳐다보던 눈빛은 지하도를 지날 때마다 나를 바라보던 그 눈빛 그대로였다. 그리고 생각해 보면 그 눈빛은 내가 지하도를 지날 때마다 남자를 바라보던 눈빛이기도 했다. 결국 우리는 같은 눈빛으로 서로를 바라보고 있었다. 어쩌면 그와 나는 같은 옷을 입을 운명이었는지도 모른다는 말도 안 되는 생각이 들기 시작했다.

학원을 다녔던 횟수만큼 지나갔었다. 하지만 한 번도 신경 써서 지하도를 살펴본 적은 없다. 그도 그럴 것이 이 지하도엔 볼만한 게 없었다. 언제나 두세 명의 노숙자가 자거나 술을 먹거나 바구니를 내민 채 잡담을 하고 있었다. 그 옆에는 좌판을 벌여 액세서리를 파는 아줌마가 있었다. 수완이 좋은 탓인지 노숙자나 지나가는 사람들과 한 번도 언성을 높이는 것을 본 일이 없었다. 남자가 내 외투를 입고는 나를 향해 웃을 때도 그 아줌마는 좌판을 정리하며 우리를 보고 있었다. 별일 아니라는 듯이 한 번 쳐다보고는 좌판을 벽에 세워 자물쇠를 채운 다음, 액세서리가 든 가방을 메고는 지하도를 빠져나갔다. 지금 내 옆에는 한 명의 노숙자가 검은 비닐과 신문을 덮어쓴 채 자고 있다. 그는 어제부터 계속 잠만 자고 있어서 어떻게 생겼는지 뭘 입고 있는지 아직까지 알 수 없다. 남자의 옆에서 여러 번 본 것 같지만 얼굴이 기억나진 않았다. 이 지하도는 마치 담백하고 밋밋한 배경처럼 그들을 제외하고는 아무것도 없다. 특별한 색도 특별한 모양도 특별한 냄새도 없다.

하지만 분명한 건 난 이 자리에 붙잡혔다는 거였다. 이 아무런 특징도 매력도 찾을 수 없는 밋밋한 지하도의 이 조그마한 자리에 말이다.

"공원을 지나가다 그 할머니를 만났는데 커다란 고양이랑 같이 있는 거야. 무슨 고양이가 작은 송아지만 하더라고. 가뜩이나 긴장되는데 그 고양이가 내 앞으로 오더니 슬리퍼에서 삐져나온 내 발가락에 대고 코를 킁킁거리더라. 내가 뒤로 살짝 비켜나도 자꾸 따라와서 기분 나쁘게 코를 들이밀데. 내 발꼬랑내가 그렇게 매혹적이었나? 매일 비누칠해서 씻는데 무슨 냄새가 난다고 그러는 거냐고요. 할머니는 홀홀거리면서 말릴 생각도 안 하더라고. 하필 그 옆을 민희가 지나가면서 본 거야. 나 이제 어쩌지?"

"민희는 모르겠고, 복수할 좋은 방법이 생각났다."

"어? 뭔데?"

"다음에 그 고양이를 만나면 네가 당한 거 그대로 그 고양이한테 해 줘."

성민이 녀석은 더 이상 못 참겠다는 듯 배를 잡고 웃기 시작했었다.

어제 아침에 학교에서 성민이 녀석과 나눴던 말들이 생각났다. 가끔 이런 종류의 농담과 매일 짓누르던 성적 스트레스 같은 게 내 일상의 전부였다. 장르로 따지면 학원 청소년 드라마였다. 변할 일도 없었기에 변할 거라고 생각한 적도 없었다. 하지만 우연인지 필연인지 알 수 없는 이 상황은 채널만 돌리면 변하는 텔레비전 프로그램처럼 돼 버렸다. 적어도 겉보기엔 난 규칙적인 생활을 하고 있었다. 건강하고 평범한 대한민국의 고등학생 역할을 잘 수행했다. 제법 좋은 시험 결과와 성적은 탄탄한 앞길을 예고하고 있었다. 그것이 정말 내가 원했던 것이었는지는 생각해 볼 틈이 없었다. 부모님의 기대와 압박이 층층이 겹을 쌓아 내 시야를 좁게 만들었기 때문이다. 난 앞만 보며 달리는 경주마처럼 그저 목표를 향해 뛰고 있었다. 목표에는 이름이 아직 정해져 있지 않았다. 단지 오차 범위 이내의 선택 가능한 몇 가지들이 있었다. 생각해 보면 그것은 나의 욕망이라기보다 부모님의 욕망에 충실한 범위였다. 그래서였나? 내 내부에서는 남들이 보는 나와는 전혀 다른 내가 매일매일 고민하고 우울해 하고 말이 없어지고 있었던 것도 같다. 어쩌면 그때부터 나는 남들과 있을 때와 나 혼자 있을 때가 완전 다른, 채널에 따라 바뀌는 생활을 하고 있었을지도 모른다. 하지만 지금 상황은 그것과도 완전히 다르다. 받아들이기도 이해하기도 쉽지 않다. 이 장르를 뭐라고 이름 붙일지 조금 고민해 봐야 할 거 같다.

누군가 어깨를 흔들어 깨웠다. 노란 잠바를 입은 할아버지였다. 할아버지는 분명 할아버지의 얼굴을 하고 있었지만 '어디가 구체적으로 어떻게'라고 묻는다면 설명하기가 애매한 얼굴이었다. 입가나 눈가에 주름이 가득했지만 눈매나 콧날의 선이 하나도 무너지지 않았다. 얼굴에 검버섯이 피어 있었지만 이는 방금 해 넣은 것처럼 하얗고 튼튼해 보였다. 무엇보다 눈동자가 선명하고 맑았다. 이 얼굴을 뭐라고 규정해야 할지 한마디로 알 수 없었다. 할아버지는 잠바에 맞춘 노란 털모자를 쓰고 있었다. 마치 머리에 카레를 얹은 거처럼 보였다. 엄마가 만들어 준 카레가 생각났다.

"이번엔 학생인가. 밥 먹었어?"

나를 처음 보았을 텐데 놀라지도 않고 당연하다는 듯 물었다.

"네? 무슨 말씀이세요? 혹시 뭔가를 아시나요?"

할아버지는 대답도 하지 않고 자기 할 말만 했다.

"나를 따라와 봐. 밥은 먹어야지."

"일어나려고 해도 안 일어나지던걸요."

"지금은 다를 거야. 일어나 봐."

할아버지의 말을 듣고 천천히 무릎을 펴고 일어났다. 어쩐 일인지 일어나는 게 어렵지 않았다. 오랫동안 앉아 있어서 약간 다리가 저린 것을 빼면 아무 문제 없었다. 나는 신기해서 제자리에서 몇 번 뛰어 보기까지 했다.

"분명 자기 전에는 일어날 수 없었는데, 이게 어떻게 된 거지?"

"처음 일어날 수 없었던 건 자리가 학생을 길들이기 시작했기 때문이야, 지금 일어설 수 있는 건 자리가 학생을 어느 정도 길들였다고 생각하기 때문이고. 바로 집으로 뛰어갈 생각을 안 하는 것만 봐도 학생이 어느 정도 길들여졌다는 것은 알 수 있지 않아?"

생각해 보니 일어나서 걷게 되도 바로 집으로 가려 하지 않은 게 신기하긴 했다.

"행여나 집으로 갈 생각일랑 하지 말어. 그렇게 된다면 학생은 또 꼼짝없이 자리에 묶여서 일어날 수도 없을 거야. 그리고 그땐 일어서는 데 지금보다 훨씬 많은 시간이 필요할 걸세."

이유는 모르지만 할아버지의 그 말에 쉽게 수긍이 됐다. 말로는 설명할 수 없는 게 있다는 것을 지금은 분명히 알 수 있었다. 할아버지를 따라 지하도를 올라갔다. 그는 익숙한 걸음으로 골목을 빠져나가 무료 급식소 앞으로 데려다 주었다. 우리는 식판을 들고 줄을 서서 아침을 배급받아 근처의 벤치에 앉았다.

"오늘 아침은 여기서 해결하도록 하지. 이따 점심에는 사거리 편의점에서 유통기한이 갓 지나 아직 신선한 김밥을 얻어먹으면 돼."

"네? 유통기한이 갓 지났는데 신선하다고요?"

"그럼, 나는 만든 지 두 달이 넘은 감자조림도 먹어 봤는 걸. 그에 비하면 유통기한이 몇 분 지난 김밥쯤이야 갓 잡은 횟감처럼 싱싱한 것 아닌가?"

"그 감자조림 먹고도 괜찮았나요?"

"지금 이렇게 밥을 먹고 있는 것을 보면 아마도 괜찮았겠지?"

"앞으로 저도 그런 것까지 먹게 되는 건가요?"

"글쎄, 그때는 워낙 오래전이라 정말 어쩔 수 없던 시절이었고, 실은 그 감자조림도 쫄쫄 굶다가 삼 일 만에 먹었던 거라 굉장히 맛있었거든. 그 전이나 그 후로도 나무껍질이나 풀뿌리까지 캐 먹은 게 일상이었으니 나한테는 그 감자조림이 진수성찬이었지. 아마 학생은 그렇게까지 하지 않아도 될 거야. 아무렴 세월이 어떤 세월인데. 어디 잘되는 음식점 쓰레기통을 뒤져도 그때보다는 나을걸."

그 말을 듣는 순간 손에 들고 있던 수저를 떨어뜨릴 뻔했다. 그럼 만든 지 두 달 된 감자조림은 안 먹어도 음식점 쓰레기통은 뒤져야 할지 모른다는 건가? 동네를 휘젓고 다니는 길고양이들을 라이벌 삼아서? 그래도 길거리의 먹이사슬에서 길고양이보다는 높은 곳에 위치한 걸 감사하게 여겨야 하나 싶어 난감한 생각이 들었다. 밥을 먹는 할아버지의 얼굴을 다시 쳐다보았다. 아까 봤을 때보다 조금 젊어진 느낌이 들었다. 노인이라고 부르는 게 맞는 거 같긴 한데 나이를 추측하기가 어려웠다. 늙어 보이지만 숫자를 대입하기는 힘들었다. 아까보다 주름살이 없어진 것도 아니었다. 주름살 하나하나에 물이 차오르는 느낌이라는 게 더 맞을 거 같다.

"뭘 그렇게 뚫어지게 처다봐? 그거 남은 거면 나한테 덜어 주지."

"네? 아뇨, 다 먹을 겁니다. 그런데 뭐 하나 여쭤 봐도 될까요?"

"뭘?"

"어제 제 옆에서 주무시던 분 맞죠?"

"그렇지."

"왜 저를 도와주시는 거예요?"

할아버지는 먹던 수저를 식판 위에 놓더니 나를 찬찬히 훑어봤다.

"왜 학생은 내가 학생을 도와주는 거라고 생각하지?"

"아니, 이렇게 밥도 먹게 해 주시고 여러 가지를 가르쳐 주시니까요."

"그건 순전히 학생의 생각이야. 나는 누구를 도와줄 만한 인물이 못 되거든. 어쩌면 궁극적으로는 그런 인물이 되고 싶은지도 모르지. 하지만 내가 학생에게 하는 행동은 나를 위한 것이지 자네를 위한 것은 아니야."

"그게 무슨 말씀이죠?"

"누군가를 돕는 게 진정 누군가를 위하는 거라고 생각하나?"

"그럼 그게 누구를 위한 건데요?"

"그거야 당연히 돕는 사람을 위한 것이지."

"네? 전 무슨 말인지 못 알아먹겠는데요."

"그럼 그냥 학생 편하게 생각해. 어쨌든 나는 학생을 위해서 도와주는 게 아니니까 부담 가질 필요는 없어. 뭔가를 갚아야겠다고 생각할 필요도 없고. 나는 누군가를 위하는 사람도 아니지만 그렇다고 거래를 좋아하는 사람도 아니니까."

할아버지와 나는 먹은 식판을 배급대에 올려놓고는 다시 지하도로 돌아왔다. 나는 자리에 앉아 천 조각을 무릎에 덮었다. 할아버지는 벽에 기대 나를 쳐다보며 기침을 몇 번 했다.

"저 하나만 더 물어도 될까요?"

"그래, 뭘?"

"이 자리에 대해 얼마만큼 알고 계신 거죠?"

할아버지는 벽에서 등을 떼며 고개를 들었다.

"학생은 내가 그 자리에 대해서 잘 안다고 생각하나?"

"아침에 제게 해 주신 말도 있고, 적어도 저보다는 많이 안다고 생각합니다."

"나도 학생과 별다를 게 없어. 물론 나는 자리에 붙잡혀

있는 것은 아니지만, 나는 그것보다 더 지독한 것에 잡혀 있
거든. 단지 지하도에 오래 있다 보니 햇병아리 같은 학생에
게 해 줄 말 몇 마디 정도는 챙기게 된 것뿐이야."

"그렇군요. 솔직히 무척 기대했었는데……."

할아버지는 내 어깨를 몇 번 토닥이더니 누군가 버리고
간 신문을 주워 읽기 시작했다.

남자가 남기고 간 가방을 뒤져 보기로 했다. 어깨에 멜 수
있도록 끈이 달려 있는, 주머니가 여러 개 있는 군청색의 가
방이었다. 지퍼를 열어 가방 속을 들여다봤다. 속에는 오래
된 책 몇 권과 수첩이 하나 들어 있었다. 그것을 꺼내 바닥
에 놓았다. 책은 그냥 보기에도 너무 오래돼 표지의 글자들
이 다 닳아 있었다. 책 안의 작은 글자들도 세로로 찍혀 있
어서 눈에 잘 들어오지도 않았다. 한 권은 화초에 관한 것
이었고 한 권은 건축에 관한 것이었다. 잠시 동안 화초와 건
축의 연관 관계에 대해서 생각해 보았다. 책의 뒷면을 펼쳐
발행 날짜를 찾아보았다. 1927년 7월 19일이었다. 다른 한
권도 펼쳐 보았다. 그 책도 발행 날짜가 1927년 7월 19일이
었다. 드디어 두 권의 공통점을 찾을 수 있었다. 발행 날짜
가 같다니. 출판사도 다른데, 이게 도대체 무슨 의미지? 수

첩을 꺼내 보았다. 별다른 내용은 없었다. 대부분 자리에 잡혀 지낸 얘기들이었다. 진짜 별다른 건 내용을 적은 날짜들이었다. 1920년대부터 바로 몇 달 전까지 길게는 몇 년씩 간격을 두고 날짜들이 적혀 있었다. 이 남자가 심심해서 벼룩시장에서 오래된 책 몇 권을 사서 장난을 쳤나 하는 생각이 들었다. 장난이라기엔 꽤나 진지해 보였지만 말이다. 하지만 그렇게 생각 안 하면 어떻게 생각하겠어? 남자는 기껏해야 사십도 안 돼 보였다. 무엇보다 중요한 건 남자가 이 자리에 붙잡혀 있었다면 적어도 지하도가 만들어진 다음일 텐데. 이 지하도는 만들어진 지 십오 년도 안 됐다. 내게 주어진 정보를 가지고 최대한 현실에 맞게 객관적으로 분석하고 판단하는 것. 그것이 지금 내가 할 수 있는 일이었다. 하지만 문득 그런 일이 무의미하게 느껴졌다. 어쩔 수 없이 이때까지 배운 대로 하면서도 그것들이 지금의 상황을 하나도 설명해 주지 못하고 있기 때문이었다.

신기한 일이었다. 엄마 아빠를 못 보는 게 제일 힘들 줄 알았는데 별로 그렇지 않았다. 하긴 집에서 지낼 때도 가족이 다 함께 모여 식사하는 횟수는 일 년에 몇 번 안 됐었다. 말만 가족이었지 우리는 이미 오래전부터 한집에서 각각의 생활을 하고 있었다. 서로의 자리를 침범하지 않고 말이다. 엄마 아빠가 이 지하도를 건널 일은 없을 것이다. 둘 다 각자의 자동차가 있기 때문이다. 지하도 건너의 어떤 것도, 지하도 안의 어떤 것도 엄마 아빠의 흥미를 끌 만한 것은 없다.

"학생은 이때까지 어떤 자리가 제일 마음에 들었나?"

할아버지는 편의점에서 얻어 온 김밥과 우유를 던져 주며 물었다. 나도 같이 간다고 했지만 젊은 사람이 따라오면 점장이 싫어한다며 혼자 갔다 왔다. 올 때는 양손에 가득 유통기한이 갓 지난 신선한 김밥과 음료 들이 들려 있었다.

"네? 어떤 자리라면, 앉는 자리요? 아니면 제 위치요?"

"둘 다."

"그런 건 생각해 본 적도 없어요."

나는 김밥에 붙은 비닐을 뜯어내며 우유를 한 모금 마셨다. 이렇게 고소할 수가 있다니! 여태 먹었던 건 다 뭐였을까? 환경은 입맛까지도 지배하는구나.

"그럼 지금부터라도 생각해 봐. 어차피 할 일도 없잖아."

"그런가요? 여기서 내가 할 수 있는 일은 그런 것 정도군요. 지나간 일을 회상하며 분류하고 순번을 정하는 거요."

"설마 그렇기야 하겠어. 자리에 좀 더 길들여진다면 자

리는 자네에게 많은 것을 줄걸. 그러니 섣불리 판단하지는
마."

"아무리 이 자리가 나에게 많은 것을 주어도 집으로 돌려
보낼 생각은 없는 거잖아요? 그런데 다른 것들이 아무리 많
은들 무슨 소용이 있는 거죠?"

"것 봐. 지금 학생은 전에는 한 번도 하지 않았던 판단을
벌써 하고 있잖아. 지금 그 말이 아무 의미도 없는 거라고
할 수 있어?"

"그건, 그……."

아무 대꾸도 못 하는 나를 보며 할아버지는 만족스러운
듯 웃더니 김밥을 먹기 시작했다. 어쩐지 할아버지는 아침
보다도 더 젊어진 것 같다. 입가나 눈가의 주름이 더 옅어진
느낌이었다. 형광등 불빛이 어두워서 그렇게 보일지도 모른
다고 생각하며 할아버지가 가져온 김밥을 몇 개 더 얻어먹
고는 우유를 마셨다. 할아버지는 왜 날 보살펴 주는 걸까?
나를 위하는 게 자신을 위하는 거라는 할아버지의 말은 도
대체 무슨 의미지? 아니, 그것보다 할아버지는 어디에 묶여
있는 것일까? 하긴 내가 지금 다른 사람 처지를 고민할 때는
아니지. 내 앞가림도 못하면서. 하지만 생각해 보면 할아버
지의 말대로 특별히 할 일도 없잖아?

액세서리를 파는 아줌마가 장사 준비를 시작했다. 할아버지는 좌판을 펴는 것부터 액세서리를 놓는 것까지 아줌마 옆에서 거들어 주었다. 한두 번 해 본 솜씨가 아니었다. 아줌마는 이 지하도에서 유일하게 출퇴근하는 사람인 듯했다. 나는 자리에 관한 생각을 하기 시작했다. 이때까지 얻은 자리 중 제일 높이 올라갔던 자리는 중3 때 맡은 전교회장 자리였다. 권력이나 맘껏 휘둘렀으면 좋았을 테지만 언제나 선생님들과 애들 사이에 끼어서 눈치 보기 바빴다. 그후론 그런 자리는 일부러라도 피하게 되었다. 학교의 임원이라는 건 나에게는 부담스러운 자리였다. 언제나 성적은 잘 나오는 편이었다. 아이들은 그런 나를 멋있게 해석해 주었다. 자리에 집착하지 않아서 좋다고 했다. 하지만 그냥 책임이 귀찮을 뿐이다. 엄마나 아빠는 이런 나를 이해해 주지 않았다. 내가 특목고에 합격한 것도 임원 활동이 도움이 됐다고 확신했다.

내게 가장 높았던 자리가 가장 좋았던 자리는 아닌 게 분명했다. 나에게 좋았던 자리는 초등학교 5학년 때의 화단을 보살펴 주는 원예부장 자리였다. 학교에 가면 제일 먼저 교실 안의 꽃병에 물을 갈아 주고 교단에 심긴 꽃에 물을 주거나 잡초를 뽑는 일을 했다. 그 일을 하면서는 한 번도 지각을 한 적이 없었다. 그만큼 즐거웠다. 아! 앉는 자리도 좋았던 자리가 있다. 물론 집이 제일 좋지만 집만큼 좋았던 자리였다. 지은 지 오래된 한옥의 마루. 그 집은 엄마의 친구가 살던 집이었다. 엄마를 따라 그 집에 놀러가서 나무 마루에 앉아서 놀았다. 엄마 친구는 그 집이 오래돼서 겨울엔 마루에 불도 안 들어와 춥다고 투덜거렸지만 나는 그 마루에 코를 쿵쿵대고 나무 냄새를 맡으려고 했었다. 나중에 이런 한옥 집을 짓고 싶다는 생각을 했었던 거 같다.

 겨울이 지나고 봄이 되었다. 지하도의 노숙 생활에도 제법 익숙해졌다. 이제는 동네의 어디어디에서 무료급식을 하는지, 어느 편의점이 유통기한이 지난 김밥을 제일 많이 주는지 정도는 꿰뚫게 되었다. 할아버지를 대신해 액세서리 아줌마가 좌판을 여는 것을 도와주기도 했다. 할아버지는 여전히 친절했다. 평화로운 나날이었다. 여기서는 어떤 자리도 선택할 필요가 없었다. 그저 주어진 자리에 앉아 있기만 하면 됐다. 점심을 먹고 이곳에 가만히 앉아 있으면 몇 백 년 전부터 이러고 있었던 것 같은 기분이 들 때가 있다. 어쩌면 그전부터 있었던 거 같기도 하다. 별로 변한 것도 없다는 생각도 들었다. 집에서나 학교에서나 난 뭔가를 스스로 선택해 본 적이 없다. 그저 누군가가 정해 준 대로 끌려가면서 속으로 불평만 해 댔으니까. 가끔 남자의 확신에 찬 눈빛이 떠올랐다. 내 외투가 자신의 것이라고 그는 분명 믿고 있었다. 그리고 정말로 그 외투를 입고 지하도를 나가 버렸다. 어쩌면 나에게 제일 필요한 건 그가 이미 가르쳐 주었는지 모른다.

"할아버지는 자꾸 젊어지는 거 같아요. 지금은 할아버지라고 부르기도 민망스러울 정도로요."

"신기한가?"

"그럼, 안 신기해요?"

"자리에 붙잡혀서 집도 못 가는 네가 더 신기하다."

"그러고 보니, 그 말도 맞네요."

"세상에 신기한 것 따윈 없어. 그냥 그런 것뿐이야. 자기가 아는 범위 내에서만 이해하려고 하니까 신기하게 느껴지는 거야."

"그럼 모르는 것까지 어떻게 이해해요?"

"그러니까 이해할 필요가 없다고. 그냥 일어나는 거라고 생각하면 돼."

"어쨌든 할아버지는 젊어지는 거니까 나보단 좋은 거잖아요."

"그게 그렇게 샘나냐? 그럴 것도 없어. 네가 그 자리를 떠나면, 난 다시 늙어 버릴 테니까."

"엥, 설마요. 농담이죠?"

"그럼 진담인 줄 알았냐."

한참을 웃던 할아버지는 피곤한 듯 낮잠을 청했다. 할아버지의 잠은 언제나 깊었다. 스스로 깨기 전에는 옆에서 아무리 흔들어도 일어나지 않았다. 할아버지는 왜 이곳에 있어야만 할까? 가끔 할아버지의 지식에 놀랄 때가 있다. 젊은 사람보다 왕성한 호기심도 시들지 않았다. 그 호기심과 지식이 할아버지를 견딜 수 있게 해 주는 것도 같았다. 할아버지는 젊어진다고 하는 말을 제일 듣기 싫어했다. 마치 벗어날 수 없는 형벌을 받는 사람의 표정이었다.

아무도 할아버지가 왜 젊어지는지 궁금해 하지 않았다. 물어보는 나에게조차 할아버지는 진지하게 설명해 주지 않았다. 처음에는 호기심에 몇 번 물어도 봤지만 힘들어 하는 할아버지의 표정을 보는 건 그리 유쾌한 일이 아니었다. 봄이 깊어지자 할아버지는 노란 잠바와 모자를 벗었다. 대신 어디선가 주워 온 노란 후드티를 입었다. 할아버지에게 노란색은 고향의 색이라고만 했다. 길을 걷다가도 노란색을 발견하면 어린아이처럼 기뻐했다. 그게 다였다. 할아버지에게 고향에 두고 온 가족이라든지 전에 했던 일에 대한 애기는 전혀 들을 수 없었다. 노란색에 대한 집착을 보면 고향에 대한 향수가 깊은 것도 같은데 마치 과거가 다 지워진 사람처럼 아무것도 얘기하지 않았다. 아직도 할아버지가 어디에 잡혀 있는지는 모른다. 지나가는 농담에서 '혹시' 하며 추측해 볼 뿐이다. 그리고 추측은 언제나 그렇듯이 추측일 뿐이다. 자신의 자리를 제일 잘 표현해 주는 게 옷이라는 생각이 들기 시작할 무렵 나는 지금의 시간을 즐기기로 했다. 어느 날 내 앞을 지나는 누군가가 나의 외투를 입은 것을 알아볼 때까지 말이다.

글쓴이의 말

중·고등학교 내내 지각하는 날이 안 하는 날보다 많았다. 고등학교 때는 아예 학교에 가면 책상에 엎드려 수업이 끝날 때까지 잠만 자는 날이 대부분이었다. 학교에서 깨우친 것 중에 가장 큰 것은 불편한 책상에서 어떻게 자세를 취하면 좀 더 편하게 잘 수 있을까였다. 학생부 블랙리스트에는 항상 관리 대상으로 이름이 올라 있었다. 교칙의 기준으로 보자면 나는 꽤 곤란한 아이였다. 뚱뚱했고, 공부엔 관심이 없었으며, 언제나 그늘 속에 있었다. 아니 돌려 말하지 말자. 그냥 한마디로 문제아였다. 그것이 사회가 나라는 존재를 설명한 단어였다. 그 이후로 내 행동의 모든 결과에는 원인과 이유, 과정이 삭제되었다. 울어도, 슬퍼도, 그저 문제아일 뿐이었다. 내 친구들도 마찬가지였다. 친한 친구들은 대부분 학교를 다니고 있지 않았다. 초등학교 시절부터 단지 가난하다는 이유로 차별을 받았든, 부모로부터 어떤 상처를 받았든, 그 아이들을 규정하는 단어는 문제아였다. 우리는 거칠고 비루하고 처참했다. 하지만 그것은 일부분이었다. 우리는 또 밝았고 즐거웠고 씩씩했다. 하지만 아무도 그 모든 걸 합쳐서 친절하게 해석하지 않았다. 우리는 그저 골칫덩이, 다루기 힘든 문제아들일 뿐이었다.

학교 안팎에선 항상 나에 대한 소문이 몸집을 부풀릴 대로 부풀려 떠돌아다녔다. 소문의 대부분은 거짓이었다. 스스로 이해되지 않는 짓을 한 적은 없었다.

문제아는 자라서 어른이 되었다. 바닥의 일은 잘 알았다. 항상 바닥과 가까웠으니까. 자꾸 남들과 다른 곳에 시선이 갔다. 눅눅하고 곰팡이 핀 담벼락 밑, 허름한 뒷골목이 좋았다. 금간 유리창 아래 쪼그려 앉아 볕을 쬐면 마음도 따라서 따뜻해졌다. 나에겐 그런 게 어울렸다. 문제아의 길이었다. 그런 내가 싫지 않았다. 발밑에 차이는 삶만 있는 것은 아니다. 남들이 보기엔 궁색함뿐이었지만 그 안에는 빛나는 이야기들이 숨어 있었다.

바닥의 냄새, 그늘의 침묵, 좁은 틈새 안의 부서진 흔적들. 처참한 현실에 마음이 쏠려서 피가 나는 일. 그리고 자신의 모든 감정과 의미를 담은 이야기가 단 하나의 의미로 매도되는 것.

　글을 쓰게 되어 다행이다. 이것들을 이야기할 수 있으니까. 나의 시선은 그렇다. 즐거운 것보다는 서러운 것에, 잘난 것보다는 못난 것에 마음이 간다. 그들은 자신들이 서럽고 못나도 그런 방식으로 세상을 살지 않는다. 그들은 그저 살아간다. 열심히 앞을 보고, 옆 사람의 손을 잡고 서로 위로하며 천천히. 너무 느려서 남보다 처지기만 한 삶이지만 결코 울지 않는다. 또 한 번 느낀다. 얼마나 다행인가. 글을 쓸 수 있어서 난 그들을 얘기할 수 있다. 눈물이 날 것 같다.

2013년 초여름에
신지영

바다로 간 달팽이 **007**

프렌즈

1판 1쇄 발행일 2013년 6월 18일 • 1판 3쇄 발행일 2014년 5월 15일
1판 3쇄 발행부수 2,000부(총 발행부수 5,900부)
글쓴이 신지영 • 펴낸곳 (주)도서출판 북멘토 • 펴낸이 김태완
편집주간 김혜선 • 편집 진원지, 박혜리 • 마케팅 이용구 • 북디자인 구화정 page9
출판등록 제6 – 800호(2006. 6. 13)
주소 121 – 869 서울시 마포구 월드컵북로 6길 69(연남동 567-11), IK빌딩 3층
전화 02 – 332 – 4885 • 팩스 02 – 332 – 4875

ISBN 978-89-6319-085-3 03810